人間が最強の種族だった件 3
ロリ吸血鬼とのイチャラブ同居生活
柑橘ゆすら
Illustration 夜ノみつき
JN211677

ミレア
オシャレが大好きな
熊人族の女の子。
ライム
葉司の力を得て幼女
の姿になったスライム。
カノン
天涯孤独を貫いていた
吸血鬼の少女。
葉司に懐いている。
みんなで
お昼寝中……♡

葉司（ようじ）
突如異世界《アーテルフィア》に
召喚された、平凡な青年。
種族特性で最強の魔力を誇る。
リア
人族を尊敬する
エルフの美少女。
王都でも随一の魔術師。
ロゼッタ
誇り高き女騎士。
百合属性で、
リアを崇拝している。

「到着しました!
これが第三階層の目玉!
ワープ装置です」
えーっと……どう見てもこれは切符売場だよな?
カードに電子マネーをチャージしたりできるやつ!

ミスズ
第三階層を
守護していたゴーレム。
小柄で気が弱く、
ドジっ娘属性。

「ヨージ殿！隠れてくれ！」
セラ
王都騎士団三番隊隊長。
人間=葉司の討伐に乗り出す、
美しきダークエルフ。

彼女がセラか。
な、なんて綺麗な人なのだろう。
ゲームの世界で言うところの
ダークエルフというやつだろうか？

CONTENTS

ダッシュエックス文庫

最強の種族が人間だった件3

ロリ吸血鬼とのイチャラブ同居生活

柑橘ゆすら

第1話

「リアの魔法講座」

「おお〜。今日も良い天気だなぁ」

異世界に召喚されてからどれくらいの月日が流れただろうか。

俺こと雨崎葉司はブラック企業勤めのハードモードな生活から一転。

今の世界に来てからは順風満帆な日々を過ごしていた。

「お日様が気持ち良いですね。こんな素敵な日に主さまと二人で過ごせるとは光栄の極みです」

森の中で俺の右隣を歩くエルフの少女の名前はリア。

モデルのようにスラリと伸びた手足と凶悪な胸サイズを併せ持った、パーフェクト美少女である。

何かにつけて有能なリアには、異世界生活のサポートをしてもらっている。

俺たちが何をやっているのかと言うと……『食糧の採取』である。

ここオストラの森ではイノシシ・野鳥などの動物はもちろん、キノコなども採取することが出来るのだ。

森での狩りは意外に重労働な面もあるが、前の世界の仕事で革靴をすり減らすまで営業の外回りをしていた時のことを考えると、随分と気楽なものである。

「……参りました。こんなはずではなかったのですが」

暫く歩いていると、リアが事前に仕掛けた罠の前で立ち止まってポツリと呟いた。

「ん？　どうしたんだ？」

「見て下さい。仕掛けた罠にウリ坊がかかってしまったのです。私が狙っていたのは親のイノシシで子供を傷つけたくはなかったのですが……」

リアの指差す方向に目をやると、そこには体長一〇センチくらいのウリ坊の姿があった。

「可哀想に。ここまで弱っていては私の回復魔法ではどうにもなりません」

「………………」

参ったな。

この罪悪感は、他に喩えようのないものがある。

イノシシの子供であるウリ坊は、控えめに言っても滅茶苦茶キュートな外見をしている。

そんなウリ坊が血を流しながらも苦しんでいる姿は見ていて色々と耐え難い。

「なぁ。リアの回復魔法がダメでも……俺の魔法なら治してやることが出来るんじゃないか？」

「主さまがですか!?　た、たしかに人族である主さまの回復魔法ならば、可能性はありますが……」

俺が召喚された異世界アーテルフィアにおいては『人間』であることが最強の条件であった。

冗談みたいな話だが、この世界の人間は、その気になれば月すらも粉微塵（こなみじん）にすることが出来るのである。

「よーし。そうと決まれば」

幸いなことにリアの回復魔法ならば過去に何度か見ているのでイメージは摑（つか）めている。

覚悟を決めた俺は傷ついたウリ坊に手を翳（かざ）すことにした。

「傷痕修復（ヒール）」

呪文を口にした次の瞬間。

俺の掌（てのひら）からは思わず目を覆（おお）いたくなるような強力な光が放たれる。

「す、凄いです……！　ウリ坊の傷がみるみると塞がっていきます」

　作戦成功！　俺の回復魔法を受けたウリ坊は、すっかりと元気を取り戻して森の中に戻って行った。

　と、ここまでは良い。

　ここで終わっていれば微笑ましい日常のワンシーンとして終わらせることが出来ただろう。

「……で、俺たちの周りにいる方々は誰なんだろう？」

「……おそらく主さまの回復魔法が強力過ぎて地面に埋まっていた骸にまでエネルギーを与えてしまったのでしょう。死者に仮初の魂を与える死霊魔法……。噂には聞いていたのですが、実際に見るのは初めてです」

「…………」

　なんということだろう。

　普通に使ったはずの回復魔法がアンデッドを生み出す死霊魔法になっちまうなんて……。

　やはりこの世界の人間は規格外過ぎる！

「回復魔法を使用しただけで周囲で眠っていたアンデッドまで生き返らせてしまうとは……

流石は主さまです！」

いやいや。

今回の魔法は明らかに失敗だからな!?

見ての通りリアには何かにつけて盲目的に俺を慕ってくれる傾向があった。

殊勝に持ち上げてくれるのは嬉しいのだが、斜め上の発想を連発するリアのことが時々恐ろしくもある。

こういうのは真に受けてはダメだよな。

リアの言葉に甘やかされて生活していると、ダメ人間になってしまいそうである。

「なぁ、アンデッドたちは何処に向かっているんだろう?」

俺に召喚された五〇体を超えるアンデッドたちは、足並みを揃えてゾロゾロと同じ方向に向かって歩いていた。

「……もしかしたら血の臭いを嗅ぎつけたのかもしれません。このまままっすぐ向かっていくと、王都に辿り着くことになりますね」

「えっ。流石にそれはまずくないかな？　お、俺のせいだっ!?」

どうしよう!?

このままでは俺のせいで、多くの人たちが事故に巻き込まれることになるかもしれない……。

取り乱している俺を見かねてか、リアは聖母のような笑みを浮かべる。

「いいえ。主さまには何の責任もありません。これはアンデッドたちの自由意思によるものですから」

「………」

そ、そうだよな。

リアの言うことにも一理ある。

俺が悪いんじゃない。

勝手に王都の方向に歩いて行ったアンデッドさんサイドにも問題がある！

この事態に関してはあまり深入りすると、精神を病みそうになるので、俺は思考を停止させることにした。

〜〜〜〜〜〜〜〜〜〜

狩りが終わった後は食事の時間である。

「ヨージ。なに？　このドロドロとしたのは……」


俺が作った特製ケチャップを片手に不思議そうに首を傾げる少女の名前はカノン。

魔族の中でも優れた戦闘能力を持った『吸血鬼』の美少女である。

身長一四五センチくらいのカノンは、日本で言うところの中学一年生くらいの年齢に見える。

暗闇の中でも夜目が利くカノンには屋敷周辺の森の警備の仕事を任せていた。

「ああ。それはケチャップといってな。俺のいた世界では人気の調味料だったんだぞ」

「こ、これが？　う〜。変な臭い。食欲、なくなる」

このケチャップは先日開拓をしたアジトの第二階層で作成したものである。

第二階層の《グルメエリア》を解放して以来、俺たちの食卓事情は格段に改善していた。

「たしかに独特の香りがしますね。これは……トマトが主原料になっているのでしょうか」

「ヨージ。この、けちゃっぷ？　というのは何に使うの？」

「ああ。そこは結構好みが分かれるところなんだよな。けど、基本的には何にでも合うと思うぞ」

「「……………はい!?」」

俺の言葉がそんなに意外だったのだろうか。

リアとカノンは同時に驚きの声を漏らす。

「流石に話を盛り過ぎ。そんな調味料があるはずない」

「いやいや！　本当だって」

肉・魚介などのメイン食材はもちろん、炭水化物・野菜にだってケチャップはマッチするかな。

流石にデザートにケチャップというのは聞いたことがないが、その汎用性の高さから日本では『魔法の調味料』なんて言われていたりもする。

「嘘だと思うなら食べてみろよ！」

俺は皿におかれたトーストにケチャップをつけると、訝しむカノンに向けて差し出した。

カノンは最初おそるおそるといった感じでパンを口にしたが、直ぐに満面の笑みを浮かべてくれた。

「凄っ！　ヨージ!?　これ、激ウマッ！」

パクパク。

パクパクパクパクパクッ。

カノンの食事を進める手が止まらない。

トーストにケチャップを塗っては食べて、塗っては食べてという動作を一心不乱に繰り返し

ていた。

「そんなに美味(おい)しいなら私も一つ……」

そろ～、パクリッ。

カノンの動きに釣られたリアもトーストにケチャップを塗って口に運んだ。

「……お、美味しいです！　もしかしてこのケチャップという調味料は動物性の食材が一切含まれていないのではないでしょうか？」

「ああ。よく分かったな」

「素晴らしいです！　私は『はぐれ』なので肉や魚を食べますが、里に棲(す)んでいるエルフたちは野菜を主食としています。このケチャップという調味料は、エルフ族に革命をもたらすかもしれません……！」

「そうか。とにかくまぁ、喜んでくれたみたいで何よりだよ」

元々この世界の調味料は『塩』・『砂糖』くらいしか存在していなくて、料理に飽(あ)きてきたところだったからな。

これを機会に食事のバリエーションが広がってくれると有り難い。

「ヨージ。ケチャップ、もうない？　なくなっちゃった」

一心不乱にケチャップを食べていたからだろうか。

カノンの口周りはケチャップの赤色で汚れていた。

「ふふふ。みんなが気に入ってくれると予想していてな。用意しておいたぜ！」

そこで俺が取り出したのは、日本人の馴染み深いデザインのチューブに入ったケチャップだった。

一体どういう原理で作られているのかは謎であるが、第二階層のグルメエリアでは食材の容器まで製造することが可能である。

「カノンは特に気に入ってくれたみたいだからな。まるごと一本あげるよ」

「……本当!?　これ、全部、いいの!?」

おいおい。

どんだけ嬉しかったんだよ。

俺からケチャップを受け取ったカノンは、未だかつて見たことがないほどの笑顔を浮かべていた。

「……ん。ケチャップ美味しい。この容器も食べやすい。ヨージ、グッジョブ」

「コ、コラ！　カノン！　お行儀が悪いですよ！」

リアが慌てるのも無理はない。

大胆にもカノンはチューブから直接ケチャップを吸って食べていたのである。

「リア。煩い。このケチャップは私が貰ったの。私がどうしようと私の勝手」

「主さま！　主さまからもカノンに何か言って頂けませんか!?」

困ったことになってしまった。

たしかにチューブから食べるのは行儀が悪いが、カノンの言い分にも一理ある。

ここでカノンを叱ってしまうと、彼女を落ち込ませてしまうかもしれない。

「もしかしたらカノンにはケチャラーの素質があるのかもな」

「ヨージ。ケチャラーって？」

「ケチャラーっていうのはケチャップをこよなく愛して、何にでもケチャップをかけてしまう奴のことだよ」

「ん。その言葉……私にピッタリ。今日から私、ケチャラーになる！」

ケチャップを掲げ、小さな胸を張りながらもカノンは宣言をする。

いやいや。

何を勘違いしているのか知らないが、ケチャラーって別に名誉な称号ではないからな!?

今回の収穫(しゅうかく)――。

同居している吸血鬼がケチャラーになった。

なんだか微妙な結果になってしまったが、血を吸うよりはケチャップを吸ってくれる方が健全なので良しとしておこう。

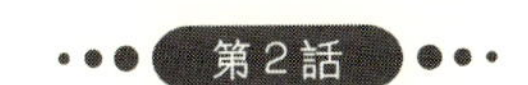

第２話

「人間軍の誕生」

「軍備を補強する必要があると思います」


とある日のこと。

アジトで食事を摂(と)っている最中にリアが言った。

「軍備の補強？　それって第二階層の下を探索するということなのか？」

「いえ。そういう意味ではありません。ここで言う軍備とは、アジトの警備をする人材のことです」

説明を求めるとリアはテーブルの上に地図を広げてくれた。

所謂(いわゆる)、羊皮紙(ようひし)というやつだろうか。

日に焼けたような独特の色合いをした紙は、前の世界では見ないタイプのものであった。

異世界アーテルフィアは、一万年前に人族たちが築いた超文明と、現在の文明が混じり合っている特徴があった。

だから服装なんかは現代チックなのだが、ところどころでこういう時代を感じるアイテムが登場することがあるんだよな。

「この地図は？」

「私たちのアジトがある『オストラの森』の周辺地図になります」

そうだったのか。

オストラの森って意外に広かったんだなぁ。

普段あまりアジトの外に出る機会が少ないから知らなかった。

「先に申し上げた通り我々には圧倒的に人材が足りていません。よって現在の問題点として圧倒的な物量で攻めこまれてしまった場合、後手に回ってしまうリスクがあります」

「なるほど。たしかにウチのメンバーは少数精鋭って感じだもんなぁ」

いくら個々の能力が優れていても一人が対応できる敵の数には制限がある。

そのことは王都の貴族サイバネとの戦闘を経験して身に染みて理解していた。

「となると次に俺たちがしなければならないことは仲間集めというわけか」

「ええ。我々、人間軍に協力してくれる者たちを集めてみようかと」

「人間軍!?」

「……何か発言に至らないところがあったでしょうか？　この世界で唯一の『人族』である主さまを中心とする勢力ですので『人間軍』という名称は、適切なものだと考えていたのですが」

「いや。別に不満があるというわけではないよ。うん」

そうだよな。

ついつい忘れそうになってしまいそうになるが、この世界における『人族』は世界最強の存在である。

つまりは『人間軍』という名称は『魔王軍』くらいのネームバリューがあるのだろう。
しかし、日本で生まれ育った俺にとっては違和感が半端ない。

～～～～～～～～～～～～

それから。
食事が済んだ後にリアは現在の人間軍の組織図を説明してくれた。
現在の人間軍はこんな感じらしい。

【人間軍】
総帥　俺
直属親衛隊　リーダー　リア
部隊員　ライム・カノン・ロゼッタ・ミレア
戦闘員　スライム部隊
制圧地域　熊人族の村

当然と言えば当然なのだが、俺にとって見知った名前がズラリと並んでいた。

こうして見ると、俺たちに協力してくれる存在は随分と増えてきたような気がする。

ああ。そうそう。

ちなみに特に固有名詞が存在しないため熊人族の村は、そのまま『熊人族の村』というのが正式名称らしい。

それぞれの役職に関してはリアが羊皮紙にバッチリ記載してくれた。

「なるほど。これからは紙に書いてある戦闘員っていうのを増やしていこうって感じだな」

「はい。こうして書いているとハッキリしますが、我々には戦闘員が少なすぎます」

たしかにそうかもな。

ライムの子供たちであるスライムたちが警備にあたってはいるが、アジトの広さの割には心もとない数しかいない。

今後の課題として味方をしてくれる戦闘員を増やしていくのは急務だろう。

「それで俺は何をすればいいんだ？　他種族をスカウトしようっていうなら協力するよ」

「……主さまは何もする必要がありません」

「えっ……」

「ん。ヨージは何もしないで大丈夫。後のことは私とリアがやっておくから」

「…………」

おいおい。

なんというか……今更ながらに気付いたんだけど、俺って名ばかり総帥になってはいないか!?

ハハハハッ。

まさかー。流石にそんなはずないよなー。

過去に俺が『人間軍』に残した功績は……まぁ、パッとは思い浮かばないけど色々とあるはずだし。

そこで俺は最近の日課を振り返ってみる。

起きる　↓　朝ご飯を食べる　↓　女の子とイチャイチャ　↓　昼ご飯を食べる　↓　昼寝　↓　森に散歩に行く　↓　夜ご飯を食べる　↓　女の子とイチャイチャ　↓　就寝
「まったく役に立っていなかった!?」

思わず言葉に漏らしてしまう。

ヤバイ。このままだと俺はやがて無能な上司と見放されて、独りぼっちになってしまうんじゃないか？

「どうしたの？　ヨージ」

「いや。なんでもないよ。ハハハッ」

「それでは主さま。私とカノンは人間軍拡大のために行って参りますので留守の方をよろしくお願いしますね」

「…………」

なんだろう。

おそらく二人としては悪気があっての発言ではないのだろうけど、だからこそ胸が痛かったりする。

リアとカノン。

二人の美少女から遠回しに協力を拒（こば）まれた俺は危機感を募（つの）らせるのであった。


〜〜〜〜〜〜〜〜〜〜〜〜


葉司（ようじ）が大量のアンデッドを生み出した日から翌朝のこと。

ここは葉司たちが住んでいるアジトから離れた森である。

このオストラの森というエリアには古くより二種類のモンスターが対立していた。

「……クソッ。忌々しい飢狼族め」

ゴブリン族のリーダーであるオールはポツリと呟く。

オストラの森でゴブリン族が満足な食生活を送れていたのは過去の話。

森の中心部にいる『何か』によって住処を追いやられたゴブリン族たちは、対立関係にある飢狼族のウルフというモンスターと少ない餌場を巡って苛烈な戦闘を繰り返していた。

「……今日こそ根絶やしにしてくれる。我々、ゴブリン族の力というものを見せつけてやるのじゃ」

しかし、長きに渡る不毛な戦も今日で終わる。

両種族は互いの因縁を果たすべく、最終決戦を始めていたのである。

「オール様。報告にございます」

戦闘の最中。

一匹の若いゴブリンがオールに向かって頭を下げる。

「なんじゃ。言ってみろ」

「率直に言って戦況は芳しくありません。我が軍の兵は疲弊しており戦えるものは半数を切っております」

「……それで?」

「心苦しいですが、ここは降伏をしましょう。このまま戦闘を続けていても我々に勝ち目はございません！」

「ならん」

「し、しかしこのままでは我が軍は……」

「四の五の言わずに突撃せよ！　頭を使うのは長であるワシの役目じゃ」

「ハッ……！　し、失礼しました」

オールが殺気の籠った魔力を部下に向けると、部下であるゴブリンは前線に戻っていく。

（降伏じゃと？　それが出来るなら……とうにそうしておるわ！）

最初から今回の戦は旗色が悪いということは分かっていた。

純粋な戦闘になればゴブリン族では、飢狼族に勝利することは難しい。

しかし、森の中に引っ越してきた『何か』によってオストラの森の生活可能エリアは徐々に狭まっている。

どちらにせよ飢狼族を滅ぼさない限り、ゴブリン族に未来はないとオールは考えていたのであった。

「オール様！　報告にございます！」

「なんじゃ！　降伏の提案ならもう間に合って……」

「違うのです！　お、追手が……追手が……」

「………」

別の部下から報告を受けたオールは直ぐに異変に気付く。

何か――。

何か強大な力を持った存在が近づいてくる。

この気配はウルフのものではない。

飢狼族の戦闘能力はゴブリン族のそれをやや上回る程度のものである。

近づいてくる『何か』は、オールが未だかつて感じたことがない力を持っているようであった。

「敵だ！　敵が突破してきたぞ！」

「矢を放て！　オール様には指一本と触れさせるな！」

ヒュンッ。ヒュンッ。ヒュンッ。

敵の気配に気付いたゴブリンたちは、木の間を縫うようにして飛び移る黒影に向かって一斉に矢を放つ。

「待て！　そやつに攻撃してはならんっ！」

「ギャバッ」

「ゴハッ」

慌てて攻撃を止めようとしたオールであったが――時既に遅し。

ザシュッ。ズバババババッ。

ゴブリンたちの放った矢は見えない力によって次々に弾き返され、逆に自陣に降り注ぐ結果となっていた。


「貴方がゴブリン族のオールですね」


数々の攻撃を掻い潜りオールの前に現れたのは、目深にフードを被ったエルフの少女――リアであった。

「いかにも。ワシがホブゴブリンのオールじゃが……」

「飢狼族との戦争は今日で終わりました。光栄に思いなさい。貴方には我々、人間軍の傘下に入ることを許可します」

「人間軍……じゃと……？」

最強種族『人族』の存在はオールも知ってのことであった。

しかし、それだけに腑に落ちない。

人族が存在したのは今から一万年以上も過去であると言われている。

多くの宗教の信仰の対象となっている人間の名を騙ることは、たとえ王族であっても許されていないことなのである。

「ふざけるな！　人間軍じゃと……？　賊が神の名を騙るなど笑わせてくれる！」

「リア。こっちはもう終わった」

「流石はカノン。仕事が早いですね」

「…………!?」

次に現れた少女の姿を見たオールは驚きで口を半開きにしていた。

何故ならば――。

身長一四五センチ程のその少女は、一匹の飢狼族を引きずるようにして歩いていたからである。

「ヤン……！　ヤンではないか……!?」

「…………」

そこにいたのは飢狼族のリーダー、ヤンであった。

飢狼族の中でも一際(ひときわ)、大きな体を持ったヤンは、ウルフの進化形態とも呼べるシルバーファングという種類のモンスターである。

恵まれた身体能力と頭脳を持ったヤンは、オールにとっての長年の宿敵とも呼べる存在であった。

その戦闘能力は絶大で、討伐(とうばつ)クエストに訪れたBランクの冒険者を返り討ちにしたという武勇伝は記憶に新しい。

「言うことを聞かなかったから気絶させちゃった。これで良かった?」

「問題ありませんよ。私も今から同じようなことをしようと考えていましたから」

鈍器(どんき)か何かで殴(なぐ)られたのだろうか。

飢狼族のリーダー、ヤンは口から泡(あわ)をブクブクと噴き出して起き上がる気配がなかった。

ズルズルと地面を引きずられたせいで自慢の銀色の毛並は泥まみれになり、見るも無残な状態になっている。

「……分かった。何やら訳アリのようじゃの。詳しい話を聞こう」

長きに渡るライバルの悲惨(ひさん)な姿を目(ま)の当たりにしたオールは、ひとまず目の前の少女たちの言葉に従うことにした。

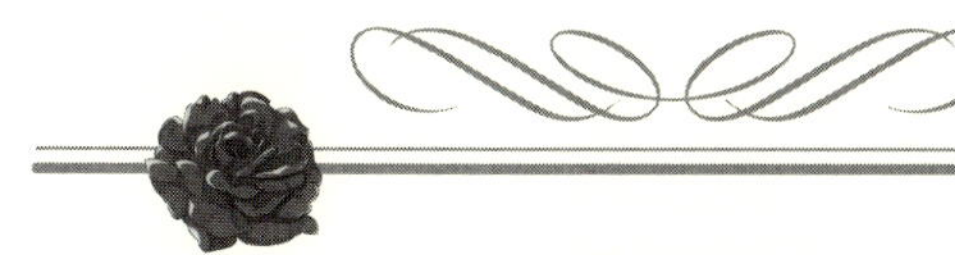

第3話

「人間の威厳」

「主(あるじ)さま。新しく人間軍の配下となる者たちを連れて参りました。よろしければ是非(ぜひ)一度お会いしてみては頂けないでしょうか」


とある日のこと。

珍しく仕事を割り振られた俺はリアに連れられてアジトの外に出ることにした。

すると、そこにいたのは二匹のモンスターを従えて待機するカノンの姿であった。

「こっちがゴブリン族のオール。こっちが飢狼族のヤン。二匹ともヨージに忠誠を誓いたいって」

「「…………」」


こわっ！

なんだよこいつら!?

二匹の表情からは『忠誠』の『ち』の字も感じられない。

完全にこちらを値踏み&威圧するかのような恐ろしいものであった。

「ケッ……。伝説の『人族』に会えると思ってきてみれば……期待外れみたいだったようだな」

そう言ってゴミでも見るように俺を見るのは銀色の毛並を持った狼のモンスターである。

端的に言って凄く強そう。

体長は二メートルを超えていて、口からは大きな牙が生えている。

俺のようなモヤシが襲われたら一溜まりもなさそうな迫力がある。

「まさかと思って来てみれば……ワシらも見くびられたものじゃのう」

これは俗に言うゴブリンというやつだろうか？

年老いたゴブリンはアゴに蓄えたヒゲを触りながらも、つまらなそうな目で俺のことを見つめていた。

「なぁ。リア。こいつら本当に俺の仲間になってくれるのか？」

「おかしいですね。彼らには二時間に渡り主さまの素晴らしさを力説したのですが……。説明が足りなかったのでしょうか」

嫌な予感がする。

普段は超が付くほど有能なんだけど、リアは人族のことになると我を忘れてポンコツになったりするからな。

おそらく今回も同じようなことが起こったんじゃないだろうか。


「申し訳ありません。まさか二匹が主さまに反抗的な態度を取るとは予想外でした。今ここで、この者たちを殺しますか？」

「いやいやっ！　殺さなくていいから！　後は俺が説得するから大丈夫だって」


そこで『殺す』という選択肢が簡単に出てくるリアが怖い！

騎士団での生活が長いリアは時々、生死に関する考え方が驚くほどドライになるから困る。

さてさて。

口では威勢良く引き受けてみたが……どうしたものか。

二匹のモンスターは歴戦の猛者たるオーラを放っている。

説得するにしても一筋縄ではいかなそうだよな。


「リア殿。ワシはお主の力に感銘を受けて忠誠を誓うと言ったのじゃ。これでは話が違う」

「ジジイに同意するね。オレが認めるのはカノン様だけだ。こんな間抜けなニューマンの下に付くくらいならオレたち飢狼族は死を選ぶ」

ぐぬぬぬっ。

仕方がないことではあるが、こうも一方的に舐められると腹が立ってくるな。

「なぁ。リア。あれを貸してくれないか。封魔の指輪」

「……もちろん！　こういうこともあろうかと修理しておきました」

そこで俺が借りたのは、装備した人間の魔力を千分の一に抑える封魔の指輪というアイテムである。

人族の持っている魔力は膨大過ぎてコントロールが難しいが、このアイテムを使うと、威力を減らすことができる。

以前に俺はこのアイテムを使ってデクスという獣人との一騎打ちに挑んだことがあった。

「お前たち。これから俺が『人族』の魔法を見せてやる。凄いと思ったらキチンと俺を認めてくれよ？」

「ハッ……。オレはかつてBランク冒険者の魔法を躱したことがあるんだぜ？　今更何を見せられてもビビらねえよ」

「ふんっ。どんな魔法を使うかは知らんが、リア殿の魔法にはかなうまい」

「…………」

よしよし。

何かと引っかかる言い方だが、『チャンスを与えてやる』という風に好意的に解釈をしておこう。

あとは俺が空に向かって一〇〇〇分の一にまで威力を抑えた、魔法を見せてやれば二匹を黙らせてやることが出来るだろう。

「――発火（プチファイヤ）！」

天に向かって手を翳（かざ）しながらも呪文を唱える。

すると、どうだろう。

俺の掌（てのひら）からは巨大な火の玉が放たれて、空に向かって吸い込まれるようにして上がっていく。

ドガァァァァァアアアアアアアアアアアアアアアアアアアアアアアアアアアアンンンンンンンンッ！

空に上がった火の玉は爆発を起こして、特大の花火を咲かせる。

うおおお!?

我ながらスゲー威力だな。

この力を元の世界に持ち帰れば花火職人として食べていける気がする。

「こ、この魔法はまさか……。伝説の火属性魔法――煉獄(インフェルノ)ではないか!?」

俺の魔法を目(ま)の当たりにした狼のモンスターは驚愕(きょうがく)の表情を浮かべる。

いやいや。

俺が使ったのはそんな大層な名前の魔法じゃないって。

単なる料理とかに使う生活魔法である。

「ヤンよ。騙(だま)されるでないわ！」

素直に驚いてくれた狼モンスターとは対照的なのがゴブリンである。

「ふんっ。ワシはこんなイカサマには騙されんぞ！　先程、貴様がリア殿から受け取った指輪、アレには魔力を強化する効果があったんじゃないか？」

「ああ。違う違う。この指輪には魔法の威力を抑える効果があって……」

「ふんっ。口では何とでも言えるじゃろ。のう。次は指輪を外して魔法を打ってみてはくれんか？　もし指輪を外して今の魔法と同じ威力を出すことが出来たらお主が人間であることを信じてやるわい」

「…………」

クソッ！　やり辛(づら)いな。

指輪を外して魔法を撃つこと自体は簡単である。

しかし、そんなことをしたらオストラの森が焼け野原に変わってしまうことになる。

「そらみたことか！　やはり出来ないではないか！　間違いない。先の魔法は指輪の力のものだったということか」

「ケッ……。まさかジジイに助けられるとはな。危うくオレも騙されるところだったぜ」


これはまずい。

指輪を付けて魔法を使ったことがアダになり――完全に風向きが変わってしまった。

どうすればいい？

どうすれば二匹に人間の力を見せてやることが出来るだろうか。

「しかし、流石(さすが)はリア殿じゃ。あれほどの力を持った指輪を持っているとは驚いた。おそらく高名な宝玉が使われていると見た」

「宝玉？　宝玉ってなんだ？」

「ふんっ。無知なニューマンめっ。宝玉というのは高濃度の魔力で作られた結晶のことじゃ！　その力は絶大で様々なマジック・アイテムの素材となるのじゃ！」

ふむふむ。

つまり宝玉っていうのは、魔法石の強化版という感じだろうか。

状況によって様々なエネルギーを発生させることができる魔法石は、この世界の住人たちにとっては欠かすことのできないライフラインになっていた。

コンロで火をつけたり、夜中に光をつけたりできるのも、魔法石の効果によるものである。

「リア殿。ワシは貴女(あなた)のためならこのゴブリン族に伝わる宝玉を差し出しても良いと考えておるのじゃ。どうかこの宝玉を受け取ってくれないだろうか……」

そこでオールが懐(ふところ)の中から取り出したのは虹色の光る宝石であった。

凄い！

これが宝玉か！

ダイヤモンドのようにピカピカと光っている宝玉は、一目見ただけで希少なものであることが分かる。

喩えるならそう、ソシャゲ内で課金して手に入る通貨である○○石のような雰囲気があった。

「なっ。何をするのじゃ!?」

しかし、そこで驚くべきことが起こった。

オールが宝玉を取り出したその直後。

飢狼族のヤンが宝玉を口に咥えて横取りを始めたのである。

「ハンッ。それはこっちの台詞だぜ！　もともとこの宝玉はオレたち飢狼族のものだったんだ！　それをお前が盗んでいったんだろうが！」

「おかしなことを言う。元を正せば貴様の父親が、我らゴブリン族から宝玉を盗んでいったのだろう！」

「盗人猛々しいとはよく言ったものだ。事の発端はお前の祖父がオレたち飢狼族から宝玉を盗んだことから始まったんだろうが！」

「…………」

なんとなく話が見えてきたぞ。

つまりはゴブリン族と飢狼族の仲が悪かったのは、宝玉を巡って代々、争いを続けてきたからなんだな。

「ヤン。ヨージの前で見苦しい真似は止めて」

「ハッ。無礼をお許し下さい。オレは元々この飢狼族に伝わる宝玉をカノン様に捧げようと考えていたのです」

ヤンは深々と頭を下げると金色に輝く宝玉をカノンに手渡した。

深々と頭を垂れるヤンの姿はまるで騎士のようにも見える。

「無礼者っ！　その宝玉はリア殿のものだ！　小便臭いガキなどに渡すものか！」

「カノン様に対する侮辱は許さんぞ！　乳ばかり大きいエルフに宝玉は不釣り合いだ！」

「なんということを……！」

「そっちこそ……！」

ここに来てハッキリと理解した。

どうやらオールはリア、ヤンはカノンにそれぞれ忠誠を誓っているらしい。

難儀な奴らだな。

この二匹は何から何まで対立しないと気が済まない性分なのだろうか。

「……ん。待てよ？」

そこで俺は考える。

もしかしてこれは……人間の力を認めさせる良いチャンスなんじゃないだろうか。

ここで俺がゴブリン族と飢狼族の争いを華麗に解決することが出来れば二匹は俺のことを認めてくれるのではないだろうか。

「カノン。宝玉を俺に貸してくれないか」

「いいけど。何に使うの？」

「ふふふ。こうするのさ！」

俺は身体強化魔法によって腕の力を限界まで高めると、手の中の宝玉をパカンと二つに割った。

強引にかち割ったからか虹色の粒子は次々に風に流されていく。


「「なっ」」


オールとヤンが悲鳴を上げたのは同時だった。

分かる。

分かるよ。その気持ち。

大切にしていた宝物が二つに割れてしまったんだ。

ショックを受けるに決まっている。

「バ、バカな……！　宝玉を素手で割りやがった!?」

「信じられん。この男は本当に伝説の『人族』ということなのか……？」

んん？　もしかしたら宝玉って凄く固いもんだったりするのかな？

いや。

そんなはずないか。

身体強化魔法を使いはしたが、豆腐を切るよりも簡単に割れたしな。

俺はオール＆ヤンに半分こになった宝玉を返却してやる。

「いいか？　人族の間では『喧嘩両成敗』という言葉があるんだよ。どっちが争いの発端になったかはどうでもいい。これに懲りたらもう二度と喧嘩をするなよ」

「「…………」」

俺の言葉を受けた二匹は暫く無言のまま半分になった宝玉を見つめていた。

「わ、我々、飢狼族は人間軍の傘下に入ります！　いや、入らせて下さい！」

「ゴブリン族も同じですじゃ！　まさか本物の『人族』に会うことが出来るとは光栄の極みじゃ！」

よっしゃ！　作戦成功！
男として器の大きさを認めてくれたんだろう。
その日を境にして――。
俺に対する二匹のモンスターの態度は妙に余所余所しいものになるのであった。

第４話

「初めての冒険」

「えっ。隣の村に？」
「はい。我々のアジトから東の地点にマールクの村というものがあるのはご存じでしょうか。人間軍の勢力拡大作戦の一環として是非とも主さまに同行を願いたいのです」

とある日のこと。
何時ものようにアジトで食事を摂っていると唐突にリアが切り出した。
ちなみに現在の人間軍組織図はこんな感じ。

【人間軍】
総帥　俺
直属親衛隊　リーダー　リア
　部隊員　ライム・カノン・ロゼッタ・ミレア
戦闘員　スライム部隊・ゴブリン族・飢狼族
制圧地域　熊人族の村

先日の一件により味方となる『戦闘員』が二種族も増えている。

俺たちの身に危険が起こった時は、両種族が一緒に戦ってくれるという約束を取り付けることに成功していた。

「あまり気のりはしないな。そもそも隣の村に行って何をするんだ？」

「それは私から説明する」

俺の疑問に答えてくれたのは意外なことにカノンだった。

気まぐれでメガネをかけたカノンは心なしか賢そうに見える。

「ヨージ。これから先。私たちにとって一番の脅威となる勢力は何だと思う？」

「えーっと……。たぶんだけど魔族たちかな？」

以前のアジト襲撃の一件は記憶に新しい。

俺たちは以前に何度かグレイスという魔族が企んだ陰謀に巻き込まれたことがあった。

「それは違う。魔族の力は強いけど数が少ないから脅威は小さい」

「となると、モンスターか？　でもなぁ、オストラの森に棲んでいるモンスターとは同盟を結んだばかりだし……」

冷静になって考えると難しい質問である。

人族という立場を考えた場合、敵となる存在の選択肢が広すぎるんだよな。

「それも違う。答えを言うと一番の敵は王都の連中」

「あー」


なるほど。

言われてみれば納得である。

以前にリアと王都に訪れた時は、その規模の大きさに圧倒された。

もし王都の連中が本腰を入れて人間の排除に乗り出したら、俺たちは一溜まりもなくやられてしまいそうである。

中でも王都の騎士団は、リアが所属していただけあって精鋭ぞろいみたいだし。

「元々このオストラの森は王都ミズガルドの領土ですからね。私たちが戦力を増やしていくとやがては衝突することになるでしょう」

「戦いは避けられないってわけか」

「ええ。マールクの村はアジトと王都の中間地点にあるのです。いずれ起こるかもしれない王都との戦いを考えると、同盟を結んでおくことは大きな意味があります」

なるほど。

俺としては出来るだけ誰とも争わずに生活したいのだが、そうは言っても相手の方から攻めてこられた場合は悠長なことを言っていられなくなる。

ここは二人の言う通り、近くの村の住民たちとの親睦は深めておくべきなのかもしれない。

～～～～～～～～～～～～

マークの村は俺たちの住んでいるアジトから一〇キロほど離れた場所にあるらしいな。

常日頃から森の探索で足腰を鍛えているからだろう。

徒歩で二時間ほど移動した割には、それほど疲労感が残っていない。

「ここか……！」

暫く歩くと村の入口と思しき門が見えてくる。

規模としては流石に熊人族の村よりは立派だが、王都と比べると随分と田舎に見えてしまう。

「マークの村は人口五〇〇人ほどの小さな村です。これと言って特産物はありませんが、モンスターの生息する地域と密接しているため王都から訪れる冒険者たちで賑(にぎ)わっています」

「えっ。賑わっている？　とてもそんな風には見えないが……」


俺がマールクの村を見て抱いた印象は『寂れたシャッター街』である。

立ち並んでいる店の半分以上が扉を閉めている。

ちらほらと見かける住人たちには覇気(はき)がなく、閑古鳥(かんこどり)が鳴いている状態であった。

「妙ですね。以前に訪れた時は、もう少し活気があったと思うのですが。実を言うと私は定期的に知り合いに会いにマールクの村に来ているのです」


一体どういうことだろう。

活気があったはずの村が急に廃(すた)れるなんて不吉な予感しかしない。

何かトラブルに巻き込まれてないといいんだけどな。

などと俺が考えていた直後であった。


「リアよ。よく来てくれたな」

何処からか女性の声が聞こえてきた。

しかし、肝心の人物を見つけることができない。

不思議に思って振り返ってみたが、やはり周囲に人影はなかった。

「先生。お久しぶりです。手紙は読んで頂けたでしょうか？」

「うむ。何やら面白いことになっているみたいじゃのう。水臭いではないか。もっと早くに教えてくれれば色々と協力ができたと思うのじゃが」

「申しわけございません。こちらもバタバタとしておりまして先生に相談する時間がなかったのです」

「……リア。さっきから誰と喋っているんだ!?」

妙である。

先程から声が聞こえているのに発言主を全く特定できる気配がない。

もしかしてリアのやつ……透明人間と喋っているんじゃないだろうな。

「主さま。紹介します。こちらの方はマールクの村の領主を務めているラシエル先生と言います。王都にいた時に私に魔法を教えてくれた方です」

「えっ。えええええええ!?」

リアの言葉を聞いた俺は絶句した。

何故ならば――。

リアが指差した先にいたのは何の変哲もない一匹のネコだったからである。

「悪いのう。何にもないところじゃが、まぁ、自分の家だと思ってくつろいでくれ」


それから。

喋る黒猫――ラシエルさんは俺たちのことを家の中に連れて行ってくれた。

ひとまず猫が領主というツッコミ所満載な展開は置いておこう。

ラシエルさんの家は物が少なく、小ざっぱりとした感じであった。

「人間さん。不思議そうな表情をしておるの。妾は猫じゃからのう。普通の家に置いてあるような家具は必要ないのじゃよ」

「……!?　俺が人間ってことが分かるんですか!?」

家の内装よりも、そっちの方が驚きである。

どうやら俺たち人族っていうのは異世界では、ニューマンという種族とウリ二つの外見をし

ていらしい。

　更に言うと人間の魔力っていうのは膨大過ぎて常人には認識できないという理由もあって、これまで俺は初見で人間と見抜かれたことはなかったのである。

「当然じゃゃ。そなたが只者ではないことくらい一目見たときから分かっておるわい。妾を誰だと思っておる」

「……猫？」

「はぁ～。大賢者ラシエルの名も伝説の種族の前では形無しじゃの」

　俺が尋ねるとラシエルさんは「やれやれ」と言った感じで溜息を吐く。

「先生は元々、王都の騎士団で隊長を務めていた方なんです。騎士団最強の名を冠する一番隊の隊長――『大賢者ラシエル』と言うと世界中で有名だったのですよ」

「えーっと。ということは、もしかしてラシエルさんはもともとは人間だったたっていうことなのか？」

「当然じゃゃ。こう見えて妾は王都一の美女と言われておったのじゃぞ。そなたに妾の艶姿を見せてやれないのが残念で仕方がないわ」

　心なしか色っぽい声を出すラシエルさん。

　むむっ。

　王都一の美女ということはリアすらも凌駕していたということか。

たしかにそれは少し見てみたかったような気もする。

「それが……どうして猫の姿に？」

そこにはきっと……俺の想像にも及ばないような壮大な過去があったに違いない。

気になるな。

大賢者と呼ばれるほどの戦闘能力を持ちながらも王都一の美女だったラシエルさんが、どうして猫の姿になってマールクの村の領主を務めているのだろう。

「色々あったからじゃ」

おい。

おいまさか……一番肝心なところを「色々あった」の一言で済ませる気じゃないだろうな。

この設定は絶対に掘り下げてしかるべきものじゃないのか!?

「ほほう。やはりリアの淹れてくれるミルクは美味いのう」

「恐縮です」

どうやら俺の予想は的中していたらしい。

頭にクエスチョンマークを浮かべる俺を余所に二人は呑気にもそんな会話をしていた。

ペロペロと皿の上のミルクを舐めるラシエルさんを不覚にも「可愛い」と思ってしまった件については黙っておこう。

「ところで先生。手紙に書いた件は了承頂けたのでしょうか？」

「ふむ。人間軍とマールクの村の同盟じゃったな」

「ええ。難しいとは思いますが、是非とも考えて頂きたいのです」

リアが尋ねると、ラシエルさんは皿の上のミルクをペロペロと舐めた後に頭を上げる。

「結論から言うと簡単に引き受けることはできぬ」

「……理由を聞かせて頂けないでしょうか」

「領主と言ってもマールクの村は妾だけのものではないからのう。同盟の締結は王都との対立を選ぶということ。妾の一存で決めることは出来ないのじゃよ」

「………」

正論である。

俺たちに味方するということは、ある意味では世界を敵に回すことと同義だろうからな。

領主の立場としては正しい判断とも言える。

「しかし、可愛い愛弟子の頼みじゃ。妾とて邪険にするつもりはない」

「……本当ですか⁉」

「うむ。条件を付けよう。時に人間さん。お主はマールクの村に来たのは初めてじゃったな。この村について何を思った？」

「えーっと。冒険者で賑わう村と聞いていたのですが、凄く寂れている印象でした。この村で何かあったのでしょうか？」

　ラシエルさんは表情に影を落とす。


「……邪竜。偶然にも『それ』を見て生き延びた冒険者はこう呼んでおった」


　ラシエルさんの説明を要約すると以下のようなものであった。

　もともとこのマールクの村は、駆け出しの冒険者たちが好んで使用する狩場が近くにあったことから発展してきた地域らしい。

　東の森に棲んでいるホーンラビットという魔物は、初級の冒険者たちにも狩りやすく、素材も高値で取引されることから、マールクの村には全国から集まってきた冒険者たちで賑わっていたのだとか。

　だがしかし。

東の森に邪竜と呼ばれる凶悪なモンスターが出現するようになってから状況は一転。

突如として森に出現した邪竜は多くの冒険者たちを脅かす存在となった。

噂は噂を呼んで誰もマールクの村に寄り付かなくなったという。

「……なるほど。しかし、そのような事情であれば王都の騎士団に救助の申請を送るのが先ではないでしょうか」

「無駄じゃ。妾とて救助要請くらいとうの昔にやっておるわい」

「まさか……騎士団は何をやっているのですか!?　民を守るのが彼らの仕事でしょう！」

うおっ。

こんなに怒ったリアは久しぶりに見たかもしれない。

元騎士団員として古巣の不祥事に対しては感情的になってしまうんだろうな。

「仕方のないことなのじゃよ。なんでも最近では、突如として湧き出したアンデッドたちに対する対応で忙しいらしい。マールクの村のような辺境の地に構っていられる余裕はないと見える」

俺のせいじゃん!?

なんということだろう。

どうやら俺が考えなしに魔法を使ったせいでマールクの村は甚大な被害を受けているらしい。

「お主たちに課す条件は一つ。東の森に棲まう邪竜を退治して欲しいのじゃ。もともと邪竜を退けなければこの村の滅亡も時間の問題。村を救った英雄との同盟ということであれば村の住人たちを納得させることが出来るじゃろう」

断る理由は一つもなかった。

だってそうだろう？

元々、この騒動は俺が蒔いた種であるんだ。

王都の騎士団を動けなくした責任がこちらにある以上、俺が討伐に向かうのが筋というものだろう。

～～～～～～～～～～～～

それから。

ラシエルさんから邪竜討伐の依頼を受けた俺たちは、まず情報収集のために村の酒場に行くことにした。

ス、スゲー！
これが冒険者の酒場っていうやつか！

ゲームの世界だけじゃなくて現実にあったんだな。

邪竜の影響で空席が目立っていたが、中にいる客たちは、いかにもな冒険者って感じの格好をしていた。


「ここからは手分けをして聞き込みをしましょう。主さまは右側の席にいる者たちに当たって下さい」

「分かった」


なんか良いよな。こういう感じ。

アジトの中でのんびりしているのも好きだけど、こういう『冒険の始まり！』って感じのシチュエーションこそ異世界召喚の醍醐味である。

「すいません。聞きたいことがあるんですけど」

気分が高揚した俺は近くにいたヒゲ面のオジサンに声をかける。

「ああ。なんだよ。新顔か？」

「えーっと。冒険者というわけではないのですが、邪竜退治に興味がありまして」

「じ、邪竜だって!?」

ドンガラガッシャーンッ！

店の中に食器が割れる音が鳴り響く。

どうやらオジサンがテーブルの上の皿を地面に落としてしまったらしい。

「……すまないが、他を当たってくれないか？」

「り、理由を教えて頂けないでしょうか」

「悪いな。生憎とオレはお前のような命知らずのバカに構っていられるほど暇じゃないんでね」

オジサンはテーブルの上のジョッキを手にして、そっぽを向いてしまった。

口にこそしなかったが、「これ以上は何も聞くな」というオーラが全開である。

もしかしたら邪竜の話題って冒険者の間ではタブーになっているのだろうか？

だとしたら酒場で邪竜の情報を手に入れるのは難しい気がする。

いや。

弱気になるのはまだ早い。

たまたまオッサンが話したくない気分だった可能性も考えられる。

そう考えた俺はめげずに聞き込みを再開することにした。

～～～～～～～～～～～～


結論から言うと俺の予感は的中していたらしい。

それからは誰に聞いても同じようなリアクションの繰り返しだった。

冒険者たちは邪竜の話を切り出す度(たび)に嫌な顔をして、口を開こうとしない。

う～ん。

予想はしていたが、ここまで苦戦することになるとはな。

どうやらリアの方も結果は同じだったようでガックリと肩を落としていた。

「……残念ではありますが、仕方がありませんね」

「そうだな。後は俺たちがしらみ潰しに探していくしかないな」

森の中を歩き回っていれば邪竜に関する情報も自力で得ることができるだろう。

決意を固めた俺たちが東の森に向かおうとした直後であった。

「ちょいと失礼。あんたが邪竜を退治しようって言うニューマンだね」

突如として女性の声が聞こえた。

声のした方に目をやると、そこにいたのはそれぞれ高価そうな武器を装備した四人組の冒険者であった。

「貴女（あなた）たちは？」

「こいつは失礼。アタシの名前はネロと言う」

ネロと名乗る女性は、二〇代前半くらいの美女であった。

男勝（まさ）りな雰囲気（ふんいき）は好みが分かれるところだろうが、肩に残った日焼け痕がセクシーだと思う。

「んで、そこにいる大男はモルゾフ、ちっこい男がデイトナ、ロン毛の男がゾイル。アタシたちはみな、マールクの村出身のBランクの冒険者さ」

続けざまにネロさんは丁寧（ていねい）にパーティーメンバーの紹介をしてくれた。

冒険者というだけあって、それぞれ一筋縄（ひとすじなわ）ではいかなそうなアクの強い姿をしている。

中でも身長が一メートル九〇センチ近いモルゾフさんは、顔がコワモテなこともあり迫力満点である。

「……なぁ。リア。Bランク冒険者って強いのか？」

「ええ。S～Fランクの七段階で評価で上から三番目のポジションです。もちろん主さまとは比べるまでもありませんが、Bランクというのは冒険者全体では上位一〇パーセント以下の実力者です」

なるほど。

そう言えば飢狼族のヤンもBランク冒険者を返り討ちにしたとか得意気に語っていたっけな。

つまりは……ザックリと判断すると、四人の実力はそれぞれヤン&オールと同じくらいなのだろう。

「単刀直入に言おう。我々も目的は同じだ。これから六人で協力して邪竜討伐に向かわないか？」

「…………!?」

おいおい。

もしかしたらこれは……とんでもなくラッキーな展開なんじゃないのか。

だってそうだろう?

邪竜の情報だけでも聞き出せたら儲けものと考えていたのだが、まさか共闘してくれる仲間を得られるとは思っていなかった。

「いいですけど、理由を聞かせてもらってもいいですか?」

「さっきも言ったろう? アタシたちマールクの村で生まれ育ったんだ。今でこそ世界を飛び回って仕事をしているが、この村に対する愛情も深い。邪竜をぶっとばして村に恩返しをしようと考えているんだ」

そうか。

これは故郷を取り戻すための戦いなのか。

自分の利益のためでないというところが個人的には応援したい気分になる。

外見は怖い人が多いけど、中身は良い人たちなのかもしれない。

「おい。ネロ。オレは反対だぜ! こんな何処の馬の骨ともわからぬ奴らとパーティーなんか組めるかよ!」

ネロの提案に対して異議を唱えたのはロン毛の男、ゾイルである。

四人の冒険者の中でゾイルだけは、ずっと不機嫌そうな態度を取っていた。

「念のために確認しておきたいのだが……キミは本当に邪竜と戦う気でいるのかい？」

「はい。そうですが……」

こちらを探るような眼差しで尋ねてきたのは、やたらと半ズボンが似合いそうな少年である。

何かと癖の強そうなゾイルとは違い、こちらの少年には万人に好かれそうな愛嬌があった。

「……随分と簡単に言うのだな。キミたちは何のために戦う？　その発言、邪竜の力を知ってのことか？」

最後に口を開いたのは、身長一九〇センチの大男モルゾフである。

ドッシリと響く重低音の声は、外見に劣らない迫力がある。

「もちろんです。戦う理由については言えませんが、邪竜の情報については領主のラシエルさんから聞いています」

「「「なっ」」」

俺がラシエルさん（猫）の名前を出した次の瞬間。

四人の冒険者たちはそれぞれ目を見開いて驚いた様子を見せていた。

「へへっ。それみたことか。どうやらアタシの目に狂いはなかったようだな。大賢者ラシエルの知り合いともなれば実力は折り紙付きだろう」

凄い！　Ｂランクの冒険者がそこまで言うなんて、流石はリアが先生と呼んで慕うだけのことはあるな。

ラシエルさんの知名度は俺が想像していた以上のものであった。

「異論がないならパーティーの役割を決めておこうか。そっちの二人は何が得意なんだい？」

「…………」

そ、そうだよな。

これから俺たちは互いに背中を預ける関係になるのである。

互いの長所と短所を把握しておくのは当然だろう。

ヤバイ！

自己ＰＲなんて就職活動の面接以来じゃないか⁉

な、何を話そうか。

俺自身、人族の力を完全に把握しているわけではないからアピールポイントが難しい。

「それでは私から失礼します。私の名前はリア。魔法全般……中でも回復魔法を得意としています。得意としているのは魔法ですが、後衛が足りているということでしたら剣を持って前衛を務めることも可能です」

「へぇ。ヒーラーか。これはラッキーだ。回復魔法を使えるやつは少ないからな。期待しているよ」

「ネロ。簡単に信用するな。前衛職も可能ね……。『何でも出来る』と抜かすやつに限って戦場では『何もできない』のさ」

「ゾイル。やめとけって」

リアのアピールについて難癖をつけ始めたのはまたしてもゾイルである。

「いいや。この際だから言わせてもらおう！　大賢者の知り合いだかなんだか知らないが、オレは認めねーぞ！　特にそこにいるモヤシはなんだそりゃ？　オレは剣士だからそいつの実力は手を見ればわかるんだよ。剣どころかペンより重いものは持ったことがねぇって感じだぜ」

うぐっ。

痛いところを衝かれてしまった。

たしかに俺は根っこからのインドア気質である。
ゾイルの言葉はあながち間違いではないから反論し難い。

「……黙りなさい」

リアの言葉が聞こえたかと思うと途端に空気が冷えていくのが分かった。

「ぐぼおおおぉぉぉっ！」
「「ゾイル!?」」

異変が起きたのは一瞬のことであった。
気が付くと、ゾイルの頭は地面にめり込んでダンゴムシのように丸まった状態になっていた。

「オ、オレに何をしやがった!?」
「感謝して下さい。重力魔法を使って主さまに謝りやすい環境を作りました」

ちょっと待て。

ゾイルの物言いにムッとしたのは事実だが、こんな強制土下座(どげざ)みたいな真似(まね)は望んではいないんですけど!?

「し、信じられない。まさかこんなところで重力魔法の使い手を見るなんて」

この出来事に対して最も青ざめた顔を見せたのはデイトナであった。

杖(つえ)を持っていることから推測するにデイトナも魔法を使って戦闘するタイプなのだろうな。

「知っているのか?」

「ああ。ボクの知る限りこの国で重力魔法を使える魔術師は『大賢者ラシエル』・『女帝セラ』。それから今は亡き『鬼将リア』くらいのものだよ。いずれも騎士団の隊長クラスの実力者さ」

「…………」

言えない。

今まさに目の前にいる女の子が『鬼将リア』本人なんて口が裂けても言うことができない。

まさかデイトナも公式上は死んだ扱いになっているリアがいるとは思ってもみなかったのだろう。

偶然同じ名前の人物が冒険者をやっていると勘違いをしているようであった。

「……わ、分かった。降参だ。負けを認める。ネロの言う通りだ。大賢者の知り合いっていうのは伊達じゃないってわけか」

不憫にも重力魔法によって押しつぶされていたゾイルは、ついに音を上げることになった。

「……続きをいいだろうか。それでは予定通りリアには後衛のヒーラーをやって貰おう。で、そっちのニューマンは何が出来るんだ？」

んん？　ちょっと待て。

このタイミングで紹介するのかよ!?

リアの後では何を話したところでショボく見えてしまうのは必至である。

「……コホンッ。それでは私から説明させていただきます」

俺が動揺していることに気付いたのだろう。

ここぞというタイミングで助け船を出してくれた。

「結論から言いますと主さまには得意分野などありません。何故ならば全てのステータスがパーフェクト。オールラウンダーだからです」

「オ、オール？　なんだって？」

「魔法。体術。知略。全ての項目において主さまの右に出るものはおりません。この世の生きとし生けるものは、一人の例外なく主さまにひれ伏すために存在しているのです」

「おいおい。流石にそれは……いくらなんでも盛り過ぎじゃないか？　どう考えてもアタシの目からは、そこまで大層な奴には見えねーが」

「私は事実を述べたまでです。嘘だと思うのならば今回の探索でご自身の目で確かめてみてはいかがでしょうか？　主さまは少なく見積もって私の千倍……いいえ、一万倍は強いですよ」

「……まさかキミにそこまで言わせるとはな。満更冗談ではないというわけか」

前言撤回。

何やらとんでもないことになってしまった！

いつものことながら俺に対するリアの評価が高すぎる！

人間パワーを使っても知略までは絶対にフォローできないぞ……。


「期待しているからな！　オールラウンダー！」

期待の籠った口調でネロは言う。

う、うわー。

これは責任重大だよ！

思いがけずもハードルを上げられまくった俺は心の中で頭を抱えるのであった。

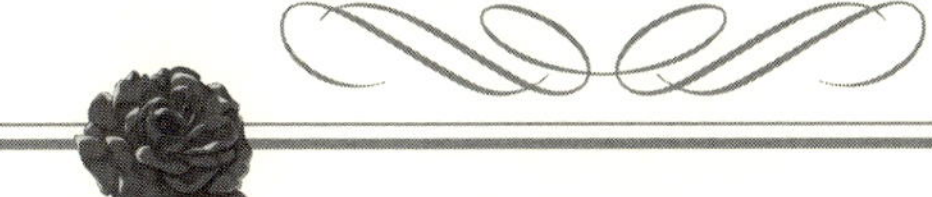

第5話

「邪竜退治」

それから。

村の中でパーティーを作ることに成功した俺たちは、さっそく東の森の探索を開始することにした。

どうやら既にネロたちは、邪竜の居場所について大まかに当たりを付けているらしい。

それというのも邪竜が棲(す)んでいる近くは常に淀(よど)んだ魔力が流れていて、魔物も凶暴になっているからなのだとか。

魔法に関して素人(しろうと)な俺も、なんとなく森の奥から流れてくる不穏な気配を感じ取ることができた。

「そろそろ邪竜の生息区域に入る。ヨージ。リア。気を引き締めてかかれよ」

ネロが警告した直後であった。

ガサガサと周囲の茂みが揺れ始める。

「「「ぎしゃぁぁぁああああああああああああああああああああああああああああああああああ!」」」

うおっ!

な、なんだよ……こいつら……。

四方八方から獣声が飛んでくる。
そこで俺たちの前から現れたのは狼のモンスターであった。
間違いない。
こいつらはオストラの森にも生息する飢狼族の『ウルフ』というモンスターだろう。
けれども、妙である。
彼らは揃って眼の焦点があっておらず、口からは涎を垂らしている。
オストラの森に棲んでいる飢狼族と比べると、心なしか邪悪な気配があった。
「ヨージ。そこをドケ！　邪魔だっ！」
ネロに言われて地面に伏せる。
すると、その直後。
ネロの構えた弓から一本の矢が放たれてウルフに命中する。

「きゃいんっ！」

ウルフの悲鳴が上がる。
凄い！
目玉の中にピンポイントで当てやがった！

人は見かけによらないということだろうか？

外見的には水商売をしているお姉ちゃんにしか見えないネロは、どうやら弓の達人らしい。


「おらよっ！」


次に動いたのはロン毛のチャラ男、ゾイルである。

ゾイルは身の丈ほどもある巨大な剣を振るってウルフの体を吹き飛ばした。


「ぎしゃぁぁぁあああああああ！」


だがしかし。

剣による一撃を受けてもウルフは怯（ひる）まない。

すかさず体勢を立て直したウルフはゾイルに向かって反撃を開始する。

——が、次の瞬間。

間に入ってきたモルゾフの大盾がウルフの体を弾き返す。

「ゾイル。油断は禁物だぞ」

「サンキュー。モルゾフ。助かったわ」

こ、これがＢランク冒険者の実力か！

一人一人の実力もさることながら連携プレイが半端ない。

勢い良くシールドバッシュをくらったウルフは明らかに動きを鈍らせていた。

「止めはボクに任せて！」

最後に動いたのはショタっ子のデイトナであった。

デイトナは杖から巨大な火の玉を召喚すると、ウルフに目がけて飛ばしにかかる。

「きゃうううううんっ!?」

高威力の魔法攻撃を受けたウルフは断末魔の悲鳴を上げる。

残るモンスターは俺が確認した限りで四匹。

モンスターを倒したのは良いが、まだまだ油断できない。

やつらはきっと……今も森の陰で俺たちのことを狙っているに違いない。

「こちらは終わりました。先に進みましょう」

などと考えていた束の間(つかのま)。

周囲を見渡してみると、黒焦げになったウルフの死体が散乱していた。

なん……だと……!?

もしかしてこれ……全部リアがやったのか!?

あまりにも静かに戦うものだから全く(まった)気付かなかった。

相変わらずリアの実力はけた違い過ぎる!


「ねぇねぇ。リアさんってヒーラーじゃなかったの!?」

「……ケッ。流石(さすが)はオレを跪(ひざまず)かせるだけのことはある」

「見事なまでの体捌(さば)き。感服した」


これには冒険者たちも腰を抜かしたらしい。

リアの実力を目(ま)の当たりにした冒険者たちは口々に賞賛の言葉を送っていた。

「いいえ。私など主さまに比べれば大したことがありません。主さまが真の力を出したならば睨んだだけで魔物の群れなど蹴散(けち)らしたことでしょう」

「主さま……ねぇ……」

あわわわわわ！

これはまずい。

ネロの俺を見る目が完全に疑惑のものになっている！

さながらそれは、昼間から恋人のカネでパチンコに入り浸るヒモ男でも見ているかのような感じであった。

「まぁまぁ。いいじゃねーか。リアがいればオールラウンダー（笑）さんの力なんて借りるまでもねーわ」

「そうだね。後衛のボクとしてもリアさんがいてくれれば心強いや」

ぐぬぬ！　ゾイルの含みのある言葉が俺の胸に突き刺さる。

そうだよ。

どうせ俺はオールラウンダー（笑）ですよ。

前の世界でも俺は不器用で物覚えが悪いタイプだったからなぁ。

他の人の数倍の努力をしなければ、皆が当然のようにこなしている仕事すらできなかった。

「流石は主（あるじ）さまです！　他のものに理解できなくても私は知っていますよ。自らの力を隠す迫真の演技……実にお見事でした！」

「…………」

何故だろう。

いつもは俺を癒してくれるはずのリアの言葉も、今日だけは胸を抉るのであった。

〜〜〜〜〜〜〜〜〜〜

それから。

俺たちパーティーは順調に森の探索を続けていった。

「……ったく。此処にいる魔物たちは一体どうなっているんだ？」

だがしかし。

道中にあった魔物が想像以上に強かったため、四人の冒険者たちは、それぞれ疲労困憊した様子であった。

「流石にボクも疲れてきたよ。ねぇ。みんな。この辺で一回引き返さない？」

「バカ言うな！　ここまで来て何を言ってやがる」

「ゾイル。無理は禁物だぞ。お前も疲れて動きが鈍ってきているではないか」

やはり辛（つら）そうなのは四人の冒険者たちである。

メンバーの中で無傷なのは、そもそも疲れるほど本気を出していないリア&戦いに参加できていない俺の二人だけであった。

「……そうだな。今日は一度引き返して作戦を立て直すことにしよう」

ネロの言葉に賛成である。

無理に戦いを続ければ直ぐにでもパーティーが半壊してしまいそうな状況だからな。

強敵との戦いに備えて体を休めておくことも必要だろう。

「ぐぎゃあああああああああああああああああああああぁぁぁす！」

などと考えていた直後であった。

突如として森の中に不気味な鳴き声が響き渡る。

「主さま。上ですっ！」

リアの声に釣られて見上げると、そこにいたのは巨大なドラゴンの姿であった。

目の前の生物が目的の邪竜であることは直ぐに分かった。

体長は頭から尻尾の先まで入れて七メートルくらいあるだろうか。

肉体はところどころ腐っていて、強烈な臭いを放っている。

その外見を一言で表現するのならばドラゴンをゾンビ化させたようなモンスターであった。


「ちょっ！　どうしたんだよ!?　みんな!?」


更にそこで驚くべきことが起こった。

もしかしたら既に邪竜の攻撃が始まっているのだろうか？

どういうわけかネロたち四人の冒険者たちは、地面の上に転がっていた。


「おそらく邪竜から放たれる魔力に当てられて意識を失ってしまったのでしょう。当分は起き上がることはないかと思われます」

えええええええっ!?

たしかネロたちって冒険者の中でも上位一〇パーセントに入る実力者だったはずだよな。

邪竜っていうのはそれほどまでに驚異的な存在なのか!?


「火炎連弾(バーニングブレッド)!」


出た！　リアの火炎連弾！

毎日のキスの成果だろうか？

リアの火炎連弾は以前に見た時よりも力強さを増しているように見えた。


「なっ」


だがしかし。

リアの火炎連弾は無常にも邪竜の翼の羽ばたきによって掻(か)き消されることになる。

「……参りました。薄々と予想はしていたのですが、どうやら敵は魔族の作った悪(あ)しき『聖遺物(せいいぶつ)』の力を取り込んでいるようです」

「な、なんだって!?」

この世界では人族の体の一部は『聖遺物』と呼ばれ、体内に取り入れることで劇的なパワーアップを遂げることができる。

一方で魔族が作った『不完全な聖遺物』は短期的には大きな効果を上げられる反面、副作用が甚大で、これまでにも数々のトラブルを引き起こしてきた。

敵が聖遺物の力を取り込んでいるってことは……この事件は魔族が絡んでいるということか……？

「ぐぎゃああああああああああああああああああああああああああああああああああぁぁぁぁす！」

邪竜の攻撃。

邪竜は口から大きな火炎玉を吐き出すと、リアに向かって浴びせにかかる。

「危ないっ!?」

自分でも驚くほどのスピードで動くことができた。

俺はリアの体を抱きかかえると、間一髪のタイミングで攻撃を躱すことに成功する。

その直後。

ドアアアァァァァァァァアアアアアアン！　と。

大きな爆発音がしたかと思うと、火炎玉が命中した地面が深く抉れていた。

こ、こえー。

あと少し反応が遅れていた時のことを考えるとゾッとする。

ネロたちに当たらなかったのが不幸中の幸いであった。

「……も、申し訳ありません。私が不甲斐ないばかりに」

「気にするな。いつも助けられているのは俺の方だしな」

邪竜の攻撃は止まらない。

邪竜は足を休める間もなく連続して俺に向かって火炎玉を浴びせにかかる。

その威力は凄まじく、先程まで俺が立っていた地面には次々とクレーターが出来ることになった。

「リア！　教えてくれ！　どうすればアイツを倒すことができる？」

こういう時に頼りになるのは頭のキレるリアである。

俺の方は体を動かすことに専念して、作戦はリアに考えてもらうのが最善だろう。

「確実な方法があります。おそらく邪竜の正体は、悪しき聖遺物の力によって蘇ったドラゴンの骸でしょう。敵がマイナスの力によって強化されているならば、主さまのプラスの聖遺物を与えることで打ち消すことができるはずです」

「……なるほど」

そこで俺が思い出していたのは以前の、魔族が作った聖遺物によって操られていたカノンとの一戦である。

あの時の俺は、カノンに人族の血液を吸わせることで聖遺物の副作用を中和することに成功した。

ならば今回も同じことをすれば道を切り開けるという寸法である。

そうと決まれば話は早い。

俺はリアを抱きかかえたまま髪の毛を抜くと、邪竜のいる方向に向かってダッシュする。

後は口の中に髪の毛を入れられたら俺の勝利は確定である。

「ぐぎゃああああああああああああああああああああああああああああああああああああああぁぁぁぁす！」


で、ですよねー。

肝心な問題を失念していた。

相手は口の中から炎を吐き出すことが出来るのである。

つまり……仮に聖遺物を口の中に入れることに成功しても炎によって返り討ちにされる可能性が高い。

完全に八方塞(ふさ)がりの状態である。

「主さま！　ここは一旦引いて作戦を練(ね)り直しましょう！」

「……いや。それはできないかな」

今は俺たちの方に邪竜の注意が向かっているから良いが、ここで引いたらネロたちが狙われてしまう可能性が高い。

「リアはここで待機していてくれ」

「……主さま!?」

一つだけ邪竜を倒せるかもしれない方法がある。

もっともこれは決して確実な方法とは言えないが、何も出来ずに逃げ帰るよりも幾分マシだろう。

俺は身体強化魔法を用いて素早く邪竜の側面に回り込むと、両手に思い切り魔力を集中させる。

「傷痕修復(ヒール)」

ゲームの世界ではアンデッドのモンスターに対して回復魔法を使うと大ダメージを与えることが出来たりするのだが……果たしてどうなるだろうか。

もちろん俺はゲームの知識だけで博打を仕掛けたわけではない。

聖遺物の力の根源となっているのは人族の持っている規格外の魔力にある。

ならば俺が全身全霊の力を込めた回復魔法にも似たような効果が現れても不思議なことではない。

「ぎゃうぁぁぁあああああああああああああああああああああああああああああああああああ！」

どうやら俺の狙いは正解だったらしい。

俺の回復魔法を受けた邪竜は、断末魔の叫びを上げながらも体を浄化させていく。

「主さま！」

勝負に決着がついたことを悟ったのだろう。

命令を受けて待機していたリアはそのまま俺の体に飛びついた。

「……主さま。この度（たび）は……私のことをお守り頂きありがとうございます」

むにゅむにゅっ。むにゅむにゅっ。

突如として二つの柔らかい感触が俺の体を包み込む。

こ、これは!?

久しぶりに発動する『戦いに勝利する度におっぱいを押し付けてもらえるシステム』ではないか。

この素晴らしいシステムがあるからこそ、厳しい戦いも切り抜けられるということだろう。

こうしてマールクの村を襲った邪竜騒動は一旦幕を下ろすのであった。

〜〜〜〜〜〜〜〜〜〜〜

それからのことを話そうと思う。

邪竜の出現によって衰退の一途を辿（たど）っていたマールクの村であったが、意外な方法によって再興を遂げることに成功した。

何でも俺が倒した後の邪竜の骨格標本が村の名物となって、今では世界中から観光客が後を絶たないのだとか。

最初は冒険者たちに邪竜の脅威が去ったことを伝えるために飾っていたものだったらしいのだが……世の中、何が起きるか分からないよな。


「二人とも。今回はよくやってくれたのう」


邪竜との戦いが終わった後。

俺はリアと二人でラシエルさん（猫）の家を訪れていた。

「王都が人間軍に攻め込もうとするならば、ここマールクの村が拠点になる可能性は極めて高い。もしも王都の側に不審な動きがあれば直ぐにでも使者を送って、異変を知らせるとしよう」

「ありがとうございます。先生に味方をして頂けると心強いです」

それにしても謎が残るのはラシエルさんである。

元騎士団の隊長という肩書を持ち、リアからも一目置かれるラシエルさんは興味の尽きない存在であった。

「ん？　どうしたのじゃ？　妾の方をジッと見て」

「あ。いえ。なんでもありません」

「そんなに見たいのならば見せてやろう。ほれ！　ほれ！　ここがいいのじゃろう？」

両足を開いたラシエルさんは、俺の方に向けてネットリとした視線を向ける。

「あの、何をやっているんですか？」

「クッ。流石はリアが目をつけた男じゃ。惜しいのう。妾もあと少し若ければ、人間さんを誘惑できたと思うのじゃが」

「………………」

誘惑するつもりだったのかよ!?

年齢とか以前に流石の俺も猫には発情できないからな!?

「……先生。いくら先生とはいえ主さまに色目を使うことは許しませんよ？」

「わ、分かった！　分かったから早く尻尾を離してくれ！」

怒ったリアはラシエルさんの尻尾を摑んで、ブンブンと振り回す。

どうやらリアの嫉妬は相手が猫だろうと関係ないようである。

「最後に一つ忠告をしておこう。これは弟子たちから聞いた確かな情報じゃ。六番隊隊長、《閃光のナッシュ》がお主たちの周りを嗅ぎまわっているらしい」

な、なんだって!?

以前にリアに聞いたことがある。

王都の騎士団というのは一番隊～七番隊に分かれており、数字が低い順番に、強大な戦力を保有している。

中でも『隊長』と呼ばれる地位に就く者は、国王から『二つ名』を与えられた特別な存在で、全国民の尊敬の的であるらしい。

「今はまだ戦闘の準備をしている段階らしいが、近々オストラの森に進行するのは確実と見える。何か続報が入り次第、お主たちに連絡を入れよう」

「……了解しました。その時は何卒よろしくお願いします」

六番隊隊長……閃光のナッシュか。

果たしてどんな人物なのだろうか?

王都に所属していた頃のリアは七番隊の隊長を務めていたらしいので、以前のリアと比べても格上の人物であることが考えられる。

結果的にマールクの村と同盟を結んでおいたのは大正解だったな。

いきなりそんな凄い人に攻め込まれていたら、俺たちもパニックになっていただろう。

第6話

「人事の謎」

マールクの村の騒動から数日が過ぎた。

俺はというと何時起きるか分からない戦闘にビクビクと怯えながらも、日常を過ごしていた。


「ヨージさん。お邪魔しますよー？」


アジトの中に聞き覚えのある声が鳴り響く。

おや。この声はもしかすると……？

声のする方に向かっていくと、そこには頭から熊耳を生やした一人の少女の姿があった。

「久しぶり。ミレアちゃん」

「お久しぶりです。ヨージさん」

挨拶をすると、ミレアちゃんはトレードマークの熊耳をピコピコと左右に揺らしていた。

熊人族の村の村長、アダイの妹であるミレアちゃんは中学三年生くらいの年齢なのだが、趣味がオシャレということもあって垢抜けた雰囲気を持っている。

「えへへ。ヨージさん。会いたかったです」

俺に会うなりミレアちゃんは、ぎゅっと手を握ってくる。

はうぁ～。

良い匂いだなぁ。

オシャレ好きのミレアちゃんのことだから、きっと良いシャンプーを使っているのだろう。

ミレアちゃんの髪の毛から放たれる洗髪剤の香りが俺の鼻腔を擽った。

「ごめんなさい。本当はもっともっとヨージさんに会いたかったのですけど、最近はバザーに出す作品の用意に忙しくて」

以前に聞いたことがある。

ミレアちゃんの将来の夢は王都でファッションデザイナーとして働くことらしい。

そういう事情もあってミレアちゃんの部屋には古今東西の様々な衣服が飾られていた。

「でもでも、仕事には一区切りついたところなんです。だから今日からは沢山イチャイチャできますよ」

「ミ、ミレアちゃん!?」

ぷにゅぷにゅぷにゅ。

突如として俺の腕をガッチリとホールドしたミレアちゃんは、自らのおっぱいを俺の体に押し当てた。

良い！

リアのような大きな胸も魅力的だが、ミレアちゃんくらいの、平均サイズの胸も捨てがたい魅力がある。

「あれれー？　どうしたんですかヨージさん。鼻息が少し荒くなっていますよ？」

小悪魔スマイルを浮かべるミレアちゃん。
ななつ。
もしかして分かっていて胸を押し当てているのか！
無類のおっぱい好きである俺の性癖を看過された!?
この子……できる！
まだまだ子供と言っても通じる年齢なのに……末恐ろしい女の子である。

「おい！　小娘！　ヨージ様に気安く触れるんじゃねぇっ！」

突如としてアジトの中に男の怒声が響き渡る。
声のした方に目をやると、そこにいたのは飢狼族のリーダー、ヤンの姿であった。
俺とリアたちで生活するには、アジトの中は広すぎる。
そういうわけでヤン&オールには定期的にアジトの警護の仕事を任せていた。

「魔物!?　どうしてヨージさんの家に魔物が!?」

「黙れ黙れ！　貴様こそ何故、ヨージ様の傍にいる⁉　ここは神聖なる人間軍のアジトだぞ！」

ああ。

そう言えばヤンとミレアちゃんって初対面だったんだな。

ここはひとつ人間軍の代表として二人の仲を取り持っておくのが最善だろう。

「ええと。まずはミレアちゃんに紹介しておくね。こっちは飢狼族のヤン。色々あって最近、俺たちの仲間になったんだ」

「ど、どうも初めまして。流石(さすが)はヨージさん。魔物まで仲間にしてしまうなんて凄いです……」

やはり魔物と人類が仲良くなるのは無理があるのだろうか。

初めてヤンの姿を目にしたミレアちゃんは、かなり戸惑った表情を見せていた。

「次はヤンに紹介しておくよ。こっちは熊人族のミレアちゃん。安心していいよ。ミレアちゃんはヤンよりも古い人間軍の関係者だから」

「ミ、ミレア⁉　といいますと、この小娘が直属親衛隊の⁉」

直属親衛隊？

はて。そんなポジションがあっただろうか。

そこで俺は現在の人間軍の組織図を思い出してみる。

【人間軍】
総帥（そうすい）　　　　俺
直属親衛隊　リーダー　リア
戦闘員　　　部隊員　ライム・カノン・ロゼッタ・ミレア
　　　　　　スライム部隊・ゴブリン族・飢狼族
制圧地域　　熊人族の村

思い出した！　たしかにミレアちゃんは直属親衛隊というポストに就いていた。

んん？

しかし、よくよく考えてみると直属親衛隊って何をするポジションなのだろうか。

総帥と戦闘員に関しては分かるが、いまいちイメージが摑（つか）めない。

「納得いきません！　直属親衛隊といえば、誰よりもヨージ様の傍で生活し、その寵愛（ちょうあい）を受けることを許可された神聖なる役職……。どうしてこのような小娘がオレたちよりも上の地位にいるのですか！」

「ど、どうしてって言われてもなぁ」

なるほど。

ヤンのおかげで直属親衛隊の役職内容については理解できた。

けれども、一つだけ分からないことがある。

どうしてリアはミレアちゃんのような普通の女の子をそんな重要ポストに置いたのだろうか。


「小娘！　今すぐオレと戦え！　そして約束しろ！　この戦いに負ければ金輪際、ヨージ様に近づかないとな」


おいおい。

ヤンのやつ……いくらなんでも短絡的過ぎやしないか。

そもそもの話として、超人揃いの人間軍の中でもミレアちゃんは貴重な『普通の女の子』枠なのである。

そんな暴力的な提案を受けるはずがないだろう。

などと考えていた矢先であった。

「いいですよ」

「ちょっ。ええええええ!?」

「えへへ。大丈夫です。こう見えてアタシ、腕っぷしにはケッコー自信があるんです。ウルフなんかには負けませんよ」

健気に笑うミレアちゃん。

ぬぅ。予想外の展開になってしまった。

本当に大丈夫なのだろうか？

不安はあるが、仕方あるまい。

いざとなったら人族の力をフルパワーに使って仲裁に入れば、被害を最小限に留めること
も出来るだろう。

ヤンのやつ……ミレアちゃんを傷つけたらタダじゃおかないからな！

「ククク。小娘。素直に勝負を受けたことに関しては褒めてやろう。しかし、オレのことをタダのウルフと思って見くびったことが運のつきだったな。いいか？　オレは飢狼族の中でもシルバーファングと言って……」

「御託はいいです。早く勝負を始めましょう」

「……このッ！　クソ尼があぁぁぁぁ！」

ヤンの攻撃。

バンッ、と！　勢いよく地面を蹴ったヤンは、大きく口を開けながらもミレアちゃんを強襲する。

だがしかし。

結論から言うと、勝負の決着は一瞬にしてつくことになる。

「ガオオオオオォォォ！」


飛びかかってくるヤンに対してミレアちゃんの熊パンチが炸裂。

必殺の熊パンチはバチバチと光を放ちながらも、ヤンの脇腹にクリティカルヒットする。


「あぎゃばぁっ!?」


ミレアちゃんのパンチを受けたヤンは、そのまま壁に激突して、完全にのぼせ上がっていた。

「ミレアちゃん。その力は……？」

「えへへ。これも全てヨージさんのおかげです。ヨージさんとキスするようになってから体の奥底から力が溢れてきて仕方がないんです」

「…………!?」

そうか。

考えてみれば当然のことであった。

人族の体の一部――聖遺物は他の生物に与えることで驚異的なパワーアップを果たすことが

できる。

ミレアちゃんは、リア・ライムに次いで、俺から聖遺物の恩恵を受けているはずだからな。飢狼族のリーダーとは言っても、聖遺物の加護を受けていないヤンが瞬殺されるのも納得である。

「さてと。戦いも終わったことですし、ご褒美のチューを頂きますよ」

「〜〜〜〜っ!?」

悪戯な笑みを浮かべたミレアちゃんは突如として俺の唇を塞いだ。

聖遺物の摂取という目的もあって、ミレアちゃんのキスは積極的である。

容赦なく口の中を犯されることになった俺は、純潔を散らされた乙女の気分を味わっていた。

「ちょ、ちょっと待って！　せめて部屋に行ってからで……」

「ダメです！　待てません！」

「どわっ!?」

嘘……だろ……!?

ミレアちゃんって、こんなに腕力があったのかよ。

「えへへ。ヨージさんとのエッチは久しぶりですからね。今日はたっぷりと搾(しぼ)り取ってあげますよ」

「ひ、ひぃぃぃぃ!?」


完全にこれは……熊に襲われる人間の構図である。

ああ。

遅まきながらもリアがミレアちゃんを直属親衛隊というポストに置いた理由が分かった気がするよ。

今日のことでハッキリした。

つまるところ人間軍における力関係は、『どれだけ俺に聖遺物を貰(もら)ったか?』がものを言う。

俺から聖遺物を貰いやすいのは、必然的に女の子に限定される。

その女の子が可愛(かわい)ければ可愛いほどイチャイチャしたくなるのが男の心理というものだろう。

つまりは人間軍の中では『可愛い=強い』の図式が成り立つのではないだろうか?

ミレアちゃんから一方的に攻められている最中。

俺は現実逃避を兼ねて、そんなことを考えるのであった。

第７話

「混浴ハーレム」

「お姉さま！　緊急事態ですわ！」

翌日。アジトの中でゴロゴロとしていると、またしても聞き覚えのある声が鳴り響く。

おやっ。

この声はもしかすると……？

声のする方に向かっていくと、そこにいたのは見覚えのある紅髪の少女の姿であった。


「あれ？　ロゼ、少しやつれたか？」


彼女の名前はロゼッタ。

王都の騎士団に所属する俺たちの仲間である。

推定Gカップを超える大きな胸を持ったロゼは、全世界の男の欲望を忠実に再現したかのような美少女である。

「うっ。やはりそう見えますか……。ここのところアンデッド退治で不眠不休の状態が続いていましたから。まともに食事を摂れていませんの」

「そ、それはすまなかったな」

「？　どうしてヨージ殿が謝りますの？」

「いやー。何でだろうな。アハハハハ」

まさか俺が生み出したアンデッドが、ロゼの健康状態にまで影響を与えているとは……。

悪気はなかったのだが、こうまで広範囲に被害が出てしまうと、罪悪感で胸が一杯になってくる。

「ロゼ。どうかしたのですか？」

俺たちがそんなやり取りを交わしていると、やや遅れて階段を上ってきたリアが現れる。

「お姉さま！　ラシエル殿から伝言を受けてやって参りました。いよいよ王都の騎士団が本格的に人間軍討伐（とうばつ）に乗り出すようです！」

「「…………!?」」

うおおおっ!?

いよいよ恐れていた日がやってきたってわけか。

けれどもまあ、この展開は俺たちにとっては想定の範囲内の出来事でもある。

魔族だろうが騎士団だろうが、人間パワーで追い払ってやるしかない。

「時刻は三日後。ナッシュ率（ひき）いる六番隊とセラ率いる三番隊がオストラの森に進行しますわ」

「……そうですか。ナッシュはともかくセラまで動くとは……騎士団長も重い腰を上げたものですね」

「な、なぁ。そのセラっていう奴は強いのか？」

「ええ。魔法の扱いに関しては騎士団の中でも随一（ずいいち）です。ラシエル先生の弟子の中では最も古参で、私の姉弟子にあたる人物です」

「……………」

ぐはっ！

そうだよな。

三番隊の隊長を務めるような人物が弱いはずがない。

リアから聞いた話によると、王都の騎士団っていうのは数字が低い隊ほど強力な戦力を有しているのである。

「とにかく今夜にでも作戦を考えましょう。ロゼ。今日は泊まっていけますよね？」

「ええ。もちろんそのつもりでいますわ！　お姉さまと一夜を過ごしたくて、寝具も持参して参りましたの」

心なしかうっとりとした眼差（まなざ）しでロゼは言う。

おいおい。

この緊急時にいくらなんでも不謹慎（ふきんしん）なんじゃないか？

俺たちは命がかかった戦いを前にしているのである。

リアに対する好意は知っているが、修学旅行のような気分でいられては流石（さすが）に困る。

「それは良かったです。ロゼも長旅で疲れているでしょう。まずは、汗を流しましょうか」

「ありがとうございます。そ、それでは以前のように三人で一緒に入浴しましょうか？」

「…………」

ロゼがこんな提案をするのには当然のことながら裏があった。

リアに対して恋愛感情を抱いているロゼは、リアの裸を見るためならば自分の裸を見られることを辞さない考えなのである。

俺はロゼの裸を見るかわりに、ロゼはリアの裸を見ることができる。

つまりは……互いにとって利益しか生まないＷＩＮ―ＷＩＮな取引なのである。

「オッケー！　風呂の用意は任せとけ！」

うひょおおおぉぉぉ！

乳神さまや！

久しぶりに乳神さまのおっぱいが拝めるで！

ロゼの提案を受けた俺は迫りくる恐怖の件は一旦忘れて、風呂の用意に取り掛かるのであった。

～～～～～～～～～～～～

そうと決まれば善は急げ。

ロゼの提案を受けた俺たちは何時(いつ)もより少し早い入浴を楽しんでいた。

「ヨージ。リア。遅くなった」

三人で温泉に入ってから暫く時間が経った後のこと。

夜遅くまで魔法の訓練に明け暮れていたスッポンポンのカノンが入ってくる。

カノンの体は非常に起伏が少なく、全身がツルツルであった。

「ヨージ。……そこにいる女は誰なの？」

そうか。

そう言えばロゼとカノンって初対面だったっけ。

ここのところ急激に人間軍のメンバーが増えているから、それぞれの関係を把握するのが難しい。

「ヨージ殿！　そこにいる少女は一体……？」

「ああ。紹介するよ。この子の名前はカノン。色々と訳あって俺たちと一緒に同棲することになったんだ」

「ど、同棲……!?　見損ないましたわ!!　わたくし……信じておりましたのに！　まさかヨージ殿に幼児性愛の気があったなんて……」

「…………」

あー。少し説明の仕方が悪かったかな。

たしかに突如として目の前にスッポンポンの幼女が現れたら誤解するのも無理はない。

けれども。

勘違いしないで欲しい。

俺とカノンは時々キスしたり、イチャイチャしたりすることはあるが、基本的には健全な関係である。

一緒の布団で眠ったり、ペロペロと体を舐め回されたりすることはあるが、ロゼが考えているような淫らな行為はしていない。

「むぅ。ヨージは私の小さい胸が好きなの。おっぱいお化けは黙っていて」

「なっ」

だがしかし。

次にカノンが取った行動はロゼの誤解を更に加速させるものであった。

何を思ったのかカノンは俺の腕を手に取り、掌を自身の胸に押し当てたのであった。

ペッタンコ。ペッタンコ。

気のせいかな？

カノンのおっぱいを触れる度に何処かでそんな擬音を聞いた気がする。

見かけどおりにカノンの胸のサイズは非常に慎ましやかなものであった。

「嘘ですわ！　ヨ、ヨージ殿は私の大きな胸が好きだと言ってくれました！」

カノンの次はロゼのターンである。
ロゼは俺の腕を取ると、掌を自身の胸に押し当てる。
ポヨヨン。ポヨヨン。
うおっ。
今度は違う擬音が聞こえてきたぞ。
今更説明するまでもなくロゼの胸は大きい。
掌の中には絶対に収まらない超ボリュームである。
ちなみに人間軍の女性メンバーのバストサイズを比較すると、こんな感じ。

ライム　＜＜　カノン　＜＜＜＜　ミレアちゃん　＜＜＜＜＜　リア　＜＜＜＜＜　ロゼ

ミレアちゃんが平均と考えると、いかにロゼの胸が大きいかが分かると思う。

「可哀想（かわいそう）……。大きな胸が好きな男の人なんているはずないのに……」

「ふふふ。ヨージ殿は『巨乳派』というマイノリティな性的嗜好を持った方なのです。わたくしも初めて聞いた時は驚きましたが、紛うことなき事実ですわ」


ああ。そうそう。

ちなみに俺が召喚された異世界《アーテルフィア》においては、何故か胸の小さな女性が男からモテる傾向にあるらしい。

驚くなかれ。

この奇妙な貧乳信仰のせいで、ロゼのような美少女でも男から人気がでにくいのだとか。


「ヨージ。どっちが好きなの？」

「ヨージ殿。どっちが好きなのですか!?」


二人の声が上がったのは、ほとんど同時のタイミングであった。

う～ん。

なんて答えるのが正解なのだろうか。

どちらかというと俺としては大きな胸が好きなわけだが、小さな胸も同じくらい好きだという自覚はある。

ここでストレートに「大きな方が好き」と伝えてもカノンのことを傷つけてしまうかもしれない。

八方塞がりの袋小路に閉じ込められたような気分である。

「……サイズも大事だが、触り心地の方が大事かな」

我ながら見事な回答だったと思う。

ここは別の問題を提示して答えを有耶無耶にするのが最善だろう。

「……なるほど。触り心地ですか」

「……その発想は盲点だった」

あ、危ねぇ。

作戦成功！　自然に話題を逸らすことで、二人の意識は胸のサイズから離れたものになっていた。

これで二人を傷つけることなく袋小路から脱出することができたな。

「主さま。私の胸の触り心地はどうでしょうか？」

だがしかし。

俺の思惑は意外な伏兵によって阻まれることになる。

何を思ったのか、リアは俺の腕を手に取り、掌を自身の胸に押し当てたのであった。

「如何(いかが)でしょう？　私はロゼのように大きくないですし、カノンのように小さくもありません。しかし、触り心地であれば二人にも負けない自信があります」

おいいいいいいいいいいい！

な、なんてことしてくれるんだよ！　お前はさ！

せっかく消化に成功しかけた炎に爆弾を落とされたかのような気分である。

「リア。ズルい！」

「だ、弾力であればわたくしも負けてはおりませんわ！」

サイズの次は触り心地で勝負かよ!?

リアの挑発に触発されたロゼッタ&カノンは競うようにして俺の体に胸を押し付けてくれる。

ぐはっ！

これは……なんというシチュエーションだ！

三人のおっぱいに揉(も)みくちゃにされた俺は、これまでに味わったことのない未曾有(みぞう)の快楽を味わっていた。

それから。

三人のおっぱいの触り心地対決は、夜が明けるまで続くのであった。

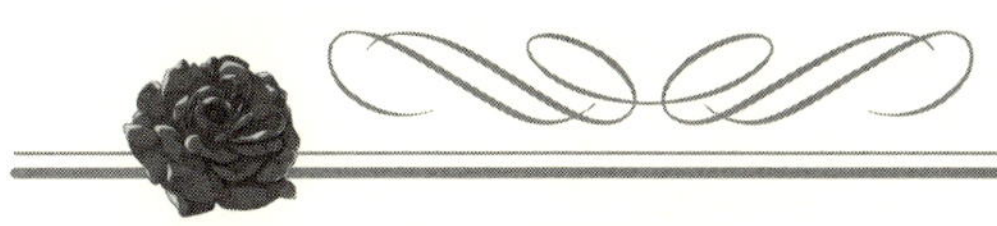

第８話

「第三階層　ターミナルエリア」

翌朝。

前日の昼寝により十分な睡眠を摂っていた俺は一足先に目を覚ます。

それにしても昨日は凄い経験をしてしまった。

浴場で勃発したおっぱいバトルは、部屋に戻ってからも続くことになった。

リア。カノン。ロゼッタ。

おかげで俺はいずれ劣らない三人の美少女と体力が尽きるまで、イチャイチャしまくることになった。

人族の『聖遺物』には異性の体に入ることで、性的な興奮を高める作用がある。

そういうわけで普段であれば快楽により、直ぐに女の子の方が気絶してくれるのだが……

流石に三対一という状況は厳しいものがある。

一人を満足させても、復活したもう一人が体を求めてくるという展開が何度か続いて、危うく俺の方が先に音を上げそうになった。

流石に昨日は調子に乗り過ぎたかな。

三人くらいならばどうにかなるが、仮にこの先、四人、五人、六人と同時に相手にする人数が増えていった場合は、いずれ俺の方が先に倒れてしまうこともあるかもしれない。

〜〜〜〜〜〜〜〜〜〜〜〜

ロゼを見送った俺たちは何時もよりも遅い朝食を摂ることにした。

「ほら。ライム。お前が大好きな牛乳プリンだぞ」

「キュー！　キュー！」

俺が作った特製のプリンを皿の上にのせると、青髪の少女は満面の笑みを浮かべる。

彼女の名前はライム。

元々ライムはスライムというモンスターだったのだが、人間パワーを取り込んだことによって美少女の姿になっていた。

身長はカノンよりも更に一回り小さい。

幼女というよりも童女と呼んだ方が良い気がするライムは、人間軍のマスコット的な存在となっていた。

「主さま。ご相談したいことがあるのですが……」

俺がライムに朝食を与えている最中。

突如としてリアが改まった口調で切り出した。

「えっ。オーヴェルニ家の屋敷に？」

「はい。王都に隠れていれば主さまの安全は保証されたも同然です。どうか騎士団襲撃に備えてロゼの家で待機しては頂けないでしょうか」

リアの提案は至極合理的なものであった。

二日後に騎士団が攻めてくるということが分かっていれば、正面から戦闘をする必要はない。

まさか騎士団の連中も人間軍の総帥である俺が、敵の本拠地である王都に潜伏しているとは思わないだろう。

ちなみにこの話はロゼの方も承認済みで、今朝早くにアジトを出たのは、実家に許可を貰うためでもあるのだとか。

「カノンはどう思う？」

「……ヨージと会えなくなるのは寂しい。けど、我慢はできる。ヨージが死んじゃうのは、もっと悲しいことだから」

なるほどな。

二人としては自分の身の安全よりも俺の命が大事っていうわけか。

気持ちは嬉しいけど、あまり気が進まない。

アジトを離れることになれば当然のことながら、仲間のピンチの時に駆けつけてやることができなくなるからである。

リアとカノンがアジト防衛のために戦っている時に一人だけ安全な場所にいるというのも情けのない話である。


「話は聞かせてもらったアル！」


カタコトの日本語が聞こえたかと思うと、俺たちの前に現れたのはチャイナドレスを身に付けた美少女の姿であった。

彼女の名前はフタバ。

ゴーレム姉妹の次女であり、第二階層《グルメエリア》を守護するゴーレムである。

「フタバ。何か良いアイデアがあるのか？」

「マスターは王都に隠れる必要ないよ。そもそもマスターが長時間、離れることになればアジトの機能が停止してしまうアル。忘れたアルか？　このアジトの動力源の大部分はマスターの体から発せられる魔力によって賄（まかな）われているよ」

「…………」

うぐっ。そうだった。

完全にその設定を失念していた。

アジトの機能が停止することになれば当然のことながら防衛力が落ちてしまうことになる。

そうなってしまうとリアたちを更なる危険に晒しかねない。

「ならどうすれば？」

「簡単なことアル。第三階層《ターミナルエリア》を開放するアルよ。そうすればアジトに敵が攻めこんできても絶対に安心よ」

「タ、ターミナルエリア？」

何やら面白い単語が聞こえてきた。

ターミナルっていうと日本語に略すと『駅』という意味だよな？

アジトの地下にある『駅』って一体、他のどの『駅』につながっているのだろうか？

「ターミナルエリアを開放すれば世界中の何処にでも一瞬でワープすることができるアル。つまりは誰が攻めてこようとラクラク逃げることが出来るよ」

「な、なんだって――!?」

これは予想外の答えが返ってきた。

フタバの言葉が本当ならば、たしかに色々なリスクを排除することができそうである。

そういえば学校の図書館のマンガで読んだことがあったっけな。

『三国志』には、《空城の計》という作戦があった。

これは自軍の城をあえて空っぽにすることによって相手に心理的な動揺を与えたり、罠にかけることを可能にする作戦である。

もし第三階層《ターミナルエリア》を開放できれば、それに近い戦略を取ることができるだろう。


～～～～～～～～～～～～


フタバのアドバイスを受けた俺たちは色々と話し合った結果、第三階層の探索を決意した。

アジトの各階層には人族が作製したゴーレムが守護している。

当然ながら、探索にはリスクが付きまとうのだが、今回ばかりは迷わずに即決することができた。

だってそうだろう？

第三階層を開放すれば俺だけではなく、リア・カノン・ライムといった仲間たちの安全性を飛躍的に上げることができるのである。

王都に一人で隠れていることに比べると、俺にとっては格段に魅力的なアイデアに思えた。

「……ここが第三階層か」

地下階段を下った俺の視界に飛び込んできたのは一面の緑の景色であった。

ジャングル。

ジャングルである。

そこにあったのは植物の楽園ともいうべき景色だった。

「何やら見たことのない植物がたくさん生えていますね」

「ヨージ。気を付けて。ここにある植物……何か変」

ジャングルから不穏な気配を感じ取ったのだろう。

リア&カノンは早くもそれぞれ戦闘モードに入っているようであった。

「ここは私が道を作る。リアとヨージは後からついてきて」

カノンが宣言をしたその直後。

カノンの掌(てのひら)からは円盤状の氷の塊(かたまり)が出現した。

「氷刃演武(アイシクルブレード)」

呪文を唱えた次の瞬間。

ズゴゴゴゴゴゴゴッ！

円盤状の氷の塊は目の前の植物を次々に薙ぎ倒し、道を作っていく。

凄い！

威力だけしか取り柄のない俺の魔法とはわけが違う。

カノンの魔法は素人目に見ても緻密に制御されていることが分かった。

「見事なものですね。水属性の魔法の扱いに関しては、カノンは私の一歩先を行っているでしょう」

流石は魔族と言ったところだろうか。

敵として戦った時はどうなることかと思ったが、味方にした時は本当に心強い。

ともあれカノンが道を作ってくれたおかげで随分と探索が楽になった。

準備を整えた俺たちは切り開いた道を歩いていく。


〜〜〜〜〜〜〜〜〜〜〜〜

それから。

どれくらいの時間、探索しただろうか。

一つ安心したのは第二階層のクローンクラブのような分かりやすい敵がいないということである。

生えている植物たちが邪魔で、魔法なしでは探索が難しいところではあるが、命の危険に関わるようなリスクが存在しないのは有り難い。

「おっ。あれはなんだろう？」

そこで俺が発見したのは珍しいキノコであった。

日本にも色々なキノコがあったけど、流石に虹色っていうのは初めて見た。

「危ないっ!?」

俺がキノコに近づこうとした次の瞬間。

リアが俺の体を思い切り突き飛ばした。

「リアッ!?」

「コホッ……コホッ……」

虹色のキノコは突如として先端部分から胞子（ほうし）を飛ばす。

胞子による攻撃をモロに受けたリアは苦しそうに咳払（せきばら）いを繰り返していた。

あわわわわわ！

やってしまった。

完全に俺の失態である。

俺が不用意に近づいたせいでリアが怪しいキノコから攻撃を受けてしまった。

「ヨージ。これは非常にまずい」

「な、何か知っているのか？」

「あのキノコは……魔族の世界では『正直キノコ』と言われている。捕虜に対して自白剤として使うことで有名なの」

「………」

んんっ？

それの何処に『まずい』要素があるのだろうか？

ひとまず生死に関わるようなものでなかったのは不幸中の幸いだったと言えよう。


「主さま！　好きです！」


などと俺が安心した直後である。

突如としてリアが大胆な愛の告白を口にした。

「ど、どうしたよ急に」

「――分かりません。私にも何がなんだか。胸の奥から湧き出す、主さまに対する想いを止めることができないのです」

これはさっそく正直キノコの効果が現れ始めたということだろうか。

いまのところ大きな害を感じないが、口元を押さえたリアは心なしか苦しそうにしていた。

「……正直キノコの胞子には、その人の建前を消して、内なる欲望を解放する効果があるの。このキノコを口にしたが最後。熟年の夫婦でも関係が崩壊すると言われている」

「な、なんだって――!?」

俺にとっては、ある意味『死』よりも恐ろしい効果であった。

だってそうだろう?

今からリアが口にする言葉は紛れもなく彼女の本音ということになる。

そこに俺に対する悪口が含まれていたら、ショックで茫然自失になってしまうと思う。

「ああ。主さまを構成する全ての要素が愛おしくて仕方がないです!」

「そ、そうか」

「叶うことなら日々の全てを主さまをお世話する時間に捧げたいです」

「ありがとうな」

「何時の日か主さまが、年を取り、主さまのおしめを取り替えている自分を想像すると胸の奥がキュンとしてしまいます」

「………」

リアよ。

お前はそんなことを考えていたのか。

年老いた俺のおしめを取り替えたいとは……なかなかマニアックな性癖である。

世の中にはダメ男に尽くすことに喜びを見出す女性がいると聞いたことがあるが、もしかしたらリアも同じタイプなのかもしれない。

エルフ族は長寿の種族らしいし、長生きしていれば、実際にそういう日が来るかもしれないのが恐ろしい。

「主さまが他の女性とキスをしているのを見ると、嫉妬の気持ちで一杯になります。主さまは私だけのものなのに……」

これは少し意外だった。

どちらかというとリアは俺が他の女の子とイチャイチャすることに対して肯定的に考えていると思っていた。

だがしかし。

考えてみれば当然の話である。

男の浮気を完全に許容できる女の子なんていない。

リアが浮気を許しているのは、聖遺物（せいいぶつ）を利用することによって人間軍を強化するためであって、心情的には苦しく思っているのだろう。

「わ、私としたことが一体何を――!?」


正直キノコの効果が薄れて一時的に冷静になったのだろう。

自分が口にした言葉の意味に気付いたリアは、慌てて、その場から逃げ始める。


「カノン！」

「――了解」


この広いジャングルの中で迷子になってしまうと命が危機に晒（さら）されかねない。

だから俺はカノンに頼んでリアの身柄を取り押さえてもらうことにした。

どうする。

どうすればいい。

たぶんだけど、リアは俺に嫌われたのではないか？　という不安でいっぱいになっているのだと思う。

ならば俺の気持ちを正直に伝えれば、リアの心を落ち着けてやることができるのではないだろうか。

だから俺はリアの目の前に駆け寄ると、引っこ抜いたばかりの正直キノコをパクリと口にすることにした。

「主さま!?」
「ヨージ!?」

俺の奇行を目にした二人は驚きの声を上げる。

ぐはっ！

流石に生のキノコは不味いな。

なんというか……土をそのまま食べているような感覚である。

けれども、キノコを食べてからというものポカポカと体が温かくなり、気持ちがハイになっていくのが分かった。

「リア！　好きだ！」

おうふっ。本当に思っていた言葉が口から出てしまった。

正直キノコ……恐るべし！

「リアの性格が好きだ。顔が好きだ。エルフ耳が好きだ。スタイルが好きだ。おっぱいが好きだ。いつも尽くしてくれるところが好きだ。俺はリアを構成する全ての要素を愛している――!!」


ギャワアアアアアァァァ！

リアが逃げ出してしまう気持ちが凄く分かる。

これは凄い恥ずかしい。

けれども、後悔はない。

正直キノコの力を借りるのがリアを落ち着けるための最善の策であることは、間違いないだろう。

「と、とんでもございません！　私の『好き』の方が、主さまの考えている『好き』よりも一万倍は大きいはずです」

「いいや。違うね。俺の『好き』の方がリアの『好き』より一〇万倍は大きいぞ」

「いくら主さまでも聞き捨てなりません！　ならば私は更にその一〇〇万倍は主さまのことを

愛しています！」

「リア！」

「——キャッ!?」

そういえばカノンが言っていたな。

正直キノコには内なる欲望を解放する効果があるらしい。

自制が利かなくなった俺はリアの体を思い切り抱きしめていた。

分かっている。

今は大切な第三階層の探索中でイチャイチャしている場合ではない。

しかし、そういった冷静な思考を取っ払ってしまうのが正直キノコの恐ろしさなのである。

「嬉しいです。こんなことが許されて良いのでしょうか？　私はもう……幸せで溶けてしまいそうです」

「俺もだよ。リアと同じ気持ちになれたことが嬉しい」

「主さま」

「リア」

それから。

俺たちは愛を語らいあった。

時にはキスを交えて、時にはキス以上のことをしながらも互いの『好き』の大きさを確認した。

リアが『幸せで溶けてしまいそう』と表現したのも分かる気がする。

己の欲望を全開放した上でのキスは何時ものキスとは一味違う魅力があった。

「流石にこの展開は……遺憾の意」

一人だけ輪の中に入れなかったことが不満だったのだろうか。

イチャイチャしている俺たちの姿を見たカノンは、ぷくりと頬を膨らませるのであった。

〜〜〜〜〜〜〜〜〜〜〜

第三階層に入ってから二時間くらい経っただろうか。

正直キノコの効果が切れたことを確認した俺たちは探索を再開することにした。

「ビビビビビ！　侵入者ヲ発見！」

第三階層の最深部に到着した俺は、一体のメタリックな色合いの人形を発見する。

つ、ついに出やがったな！

お前がこの階層を守護するゴーレムか！


「火炎連弾（バーニングブレッド）」

「氷刃演武（アイシクルブレード）」


敵の姿を確認したリア&カノンはすぐさまゴーレムに向かって攻撃を打ち込んだ。

炎と氷。

相反する二つの属性魔法が命中することによって第三階層には大規模な爆発が巻き起こる。
ス、スゲー！
何時ものことながら二人の魔法の威力が凄すぎる。

聖遺物（せいいぶつ）の効果によって強化されたっていう部分もあるのだろうけど、本当に二人が味方で良かったと思う。

しかし、まだまだ油断はできない。

相手は人族が作ったゴーレムである。

これまでの経験から言っても、爆発に巻き込まれたくらいで倒れるような相手ではないはずだ。

んん？

これは一体……どういうことだろう。

爆発による煙が開けると、そこにいたのは一人の女の子の姿であった。

「はわわわっ！　こ、降参です～！」

その少女は目を回しながら両手を上げていた。

カズミの話によると、下の階層に行くほどゴーレムは強力になっていくということだったので……完全に予想外のパターンである。

「自己紹介をしますね。ワタシの名前はミスズ。第三階層ターミナルエリアを守護するゴーレムです」

ミスズと名乗る少女は他のゴーレムと比べると、小柄で気の弱そうな顔立ちをしていた。

昔ネットの画像で見たことがあった。

身に付けているのはベトナムの民族衣装であるアオザイである。

体のラインがハッキリと分かる白色のアオザイは、清純な印象を醸（かも）しながらもエロいということで世の男性たちから支持を得ているらしい。

「えーっと。本当に勝負が終わったの？」

「ご、ごめんなさい。もう少し粘った方が良かったでしょうか？」

「……粘る？」

「ワタシは姉さんたちと違って平和主義なんです。出来ることなら戦いたくはないですし、早めに降参した方が互いのためになるのかなーっと思っていたのですが……」

「…………」

なるほど。

これで納得がいった。

早々に降参したのは戦闘能力が低いわけではなくて性格的な問題だったのか。

「このエリアを開放すれば世界中好きなところに瞬間移動できる装置が使えるようになると聞いたんだが」

「おお！　フタバ姉さんから聞いたのですね！　よくご存じで！」

「あるのか？」

「もちろん御座（ござ）いますよ。それではこれより案内しますね。はうっ！」

クルリと回れ右をして歩き始めようとするミスズ。

しかし、そこで事故が起きた。

丈の長いアオザイのスカートに足を取られたミスズは頭から地面にぶつかった。

「だ、大丈夫か？」

「えへへ。申し訳ありません。誰かと会話をしたのが久しぶりでしたので気持ちが昂ってしまいまして」

「…………」

ああ。出会って五分も経っていないけど、なんとなくミスズの性格を摑めたような気がする。

この子はきっとドジッ娘だ。間違いない。

ミスズのあどけない笑顔を目の当たりにした俺は、言いようのない不安に駆られるのであった。


〜〜〜〜〜〜〜〜〜〜


「到着しました！　これが第三階層の目玉！　ワープ装置です」

それから。

ミスズに連れられて歩いていくと、何やら見覚えのある装置を発見する。

えーっと……どう見てもこれは切符売場だよな？

カードに電子マネーをチャージしたりできるやつ！

「えへんっ。この装置を使うと、一度行ったことのある街に一瞬で移動することができるのですっ」

あるある。

だがしかし。

ロールプレイングゲームでは、そういう魔法って定番中の定番だよなー。

残念ながらここは現実。

そんなゲームの世界のような魔法があるとは思えない。

「……本当に出来るのか？　ちょっと使い方を教えてくれよ」

「むぅ。疑っているのですね。ちょっと待って下さい。それではマスターの体を『熊人族の村』にまでワープして差し上げます」

ミスズはそう宣言するや否や、ピコピコと電子ディスプレイの操作を始める。

見たところ手順は駅で切符を買うのと、大きな差はない感じがする。

「……主さま。今すぐ彼女を止めた方が良いのではないでしょうか」

「リアと同意見。なんだか凄く嫌な予感がする」

見慣れない装置を前にして不安を覚えたのだろう。

リア＆カノンは一様にしてモヤモヤした表情を浮かべていた。

「まぁまぁ。熊人族の村にワープするだけなら大丈夫じゃないか。どちらにせよ戦闘の前に装置の試運転は必要だしな」

「……やはり危険です。主さま。ここは装置の試運転を私に任せて頂けないでしょうか？」

「大丈夫だって。無事に到着したらアダイの家で待っているからさ」

以前のグルメエリアの設備に触れた時もそうであった。

考えてみれば当然であるが、この世界の住人はパソコンなどの文明の利器に対して、強く不安を抱く傾向にあるらしい。

しかし、逆に考えれば俺にとってこの状況は自らの株を上げる千載一遇のチャンスともいえる。

だってそうだろう？

戦闘時は何時も醜態ばかり晒しているからな。

ここで機械を前にして堂々とした態度を取っていれば、二人は俺のことを見直してくれるに違いない。

「マスター。無事に操作が終わりました。後はこの装置から出てくる紙を取って下さい」

「分かった」

ミスズが指を向ける方を見ていると、一枚の切符が出現する。

なるほど。

この切符がワープをするために必要なアイテムになるというわけか。

俺のいた世界では電車を使って移動していたわけだが、一万年前に住んでいた異世界の人間は切符だけで好きな場所にいけることを可能にしたということだろうか。

前々から思っていたのだが、この世界の人族の超技術には本当に驚かされる。

「それではマスター。さっそくですが、これから行こうと考えている場所について頭の中で思い浮かべて下さい」

「分かった。熊人族の村をイメージすればいいんだな」

熊人族の村というと、真っ先に思い浮かぶのはミレアちゃんである。

んん？

そう言えばミレアちゃんの顔って、どんなんだっけな。

他人の顔を思い出すのって意外に難しいな。

「出力が少し足りないみたいですね。マスター。もう少しイメージを大きく膨らませて下さい」

大きく……膨らませて……!?

いかん。

ミレアちゃんのおっぱいがドンドン膨らんでいく！

おいおい。

ど、どこまで大きくなるんだよ!?

この胸のサイズはどちらかというとロゼに近い。

以前に一緒にお風呂に入ったからだろう。

色。艶。形。

ロゼのおっぱいに関しては、自分でもビックリするくらい完璧にイメージすることができた。

「完了しました！　それではマスターを熊人族の村にワープさせます～！」

えっ。

最後に俺がイメージしたのは、ミレアちゃんじゃなくてロゼのおっぱいだったんですけど⁉

まさか……まさかな？

ミスズも熊人族の村に転送するって言っていたし大丈夫だよな。

そんなことを考えている内に俺の意識は暗転していくのであった。

第９話

「人間のピンチ」

パシャーン！

ぎゃあああぁぁぁぁぁ！　なんだよここ!?

熱い！　熱すぎる！

意識が戻った時、どういうわけか俺は熱湯の中に晒されていた。

一体何がどうなっている？

お、落ち着いて状況を整理してみよう。

俺は第三階層のワープ装置を使って『何処(どこ)か』に転送されたはずである。

最初は熊人族の村に転送されたのかと思ったのだが、それにしては様子がおかしい。

熊人族の村にはこんな立派な露店風呂は存在しないのである。

さてさて。

どうしたものか。

ひとまず俺の目標は『自分が何処にいるか』を知ることだろう。

その後は可能な限り迅速(じんそく)にアジトに戻って、リアたちを安心させてやらなければならない。

「と、まずいまずい」

その前に一つやることがあったな。

何はともあれ服を着たまま浴場にいるのは危険である。

誰かに見られでもしたら通報間違いなしの光景だからな。

もしかしたらここはどこかの街にある銭湯なのかもしれない。

その場合は、服さえ脱いでおけば客として振る舞っていくことも可能だろう。

「なっ。ななな。何故、ヨージ殿がここに!?」

俺がズブ濡れになった服を絞って水分を飛ばしている時であった。

突如として聞き覚えのある女の子の声がした。

「ロゼ!?」

声のした方に目をやると、見覚えのある紅髪の少女がそこにいた。

気のせいかな。

最近はロゼと一緒にお風呂に入るシチュエーションが激増している気がする。

だがしかし。

一糸まとわないスッポンポンのロゼは何度見ても飽きない魅力があった。

「どうしたのだ。ロゼ。急に大きな声を出して」

あばばばば！　これはまずい！

そうこうしている内に扉の奥から別の女性の声が聞こえてきた。

状況はよく分からないが、裸の男女が二人きりで風呂に入っているシーンは色々な誤解を与えてしまうだろう。


「ヨージ殿！　隠れてくれ！」


ポヨヨヨヨンッ。

弾けるような心地の好い感触がしたかというと、ロゼは素早く俺が持っている衣服を奪う。

その直後。

俺の体はロゼによって押し倒されることになった。

そうか！

ロゼのやつ……俺のこと湯船に沈めて隠しておくつもりか。

幸いなことに浴場の湯は白く濁っている。

ズブ濡れの服は茂みの中に投げたみたいだし、俺が潜っている間は他人の視線から逃れることができるだろう。

問題は俺の息がどれくらいもつかということだが……その辺りのことはロゼの手腕を信じるしかない。

「ぬ。誰か男の声が聞こえた気がしたのだが、オレの聞き間違いか」

「あはははっ。セラ隊長。面白い冗談を言うのですね。ここは女湯ですよ。男の方などいるはずがないでしょう」

「…………!?」

セラって……前にロゼが言っていたセラのことか!?

まさか噂の隊長とのファーストコンタクトが裸の付き合いになるとは思わなかった。

「ところでロゼ。明日の人間攻略の件だが、その後の経過はどうなっている？」

「……ハッ。集まった兵力は当初の予定と比較をして一三〇パーセントに達しました」

「そうか。血気盛んなのは良いことだな。やはりみな人族を打倒し、武勲を上げたくて仕方がないと見える」

「…………」

それから。

ロゼ&セラは明日に控えた人間攻略作戦の内容を真剣に語り続けていた。

会話の内容は専門的過ぎて、理解できないところが多かったが、一つだけハッキリと分かったことがある。

どうやら明日の人間攻略作戦に乗り出す予定の三番隊は隊長がセラ、副隊長がロゼという構成らしい。

これは俺にとっては嬉しい誤算であった。

人間軍のスパイであるロゼが間に入ってくれるならアジトで待っている仲間たちの安全も保証されるというものだろう。

……。

…………。

あのう。

ところでロゼッタさん。

この会話は何時まで続くのでしょうか。

流石に息を止めているのも限界が近いんですけど!?

俺はモゾモゾと体を動かしてロゼに合図を送る。

「ん？　どうしたロゼ？　顔色が優れないみたいだが」

「な、なんでもありませんわ。明日の作戦を頭の中でシミュレーションしているところでしたの」

「そうか。それは邪魔したな。お前の働きには期待しているぞ」

「〜〜〜〜!?」

会話に一区切りついた次の瞬間。

ロゼッタの取った行動は俺を更なる絶望の淵に追いやるものであった。

たぶんだけどモゾモゾと動いている俺を疎ましく思ったのだろう。

ロゼッタはその大きなお尻を俺の顔の上に押し付けて、動きを止めようと試みる。

ムギュウウウウウウウウウウウウウウウウウウウウウウウウウウウウウウウウウウ
ウウッ！

お尻で顔面を圧迫された俺は、目覚めてはいけない性癖が発現しそうになっていた。

こ、この状況は天国なのか？　それとも地獄？

ロゼは俺の気持ちなどお構いなしに、追い打ちをかけるようにグリグリとお尻を押し付けてくる。

色々な意味で限界だッ――!!

勢い良く湯船から顔を出して、深呼吸をする。

危なかった。

あと少し対応が遅れていたら脳に酸素が回らずに死んでいたかもしれない。

「ロゼ。実を言うと、ずっと気になってはいたのだがな。そこにいる男は誰なんだ？　どうして騎士寮の浴場の中にいる？」

「…………」

お、終わったー。

俺の人生に終了のホイッスルが鳴り響きましたー。

そうだよな。

そもそもにして、騎士団の隊長を務めるほどの人が俺の存在に気付いていないわけがないだろう。

彼女がセラか。

な、なんて綺麗な人なのだろう。

絶体絶命な状況なのは分かっている。

けれども、俺は呑気にもセラの体に見惚れてしまっていた。

ゲームの世界で言うところのダークエルフというやつだろうか？

身体的な特徴はリアたちエルフ族と合致するが、肌は褐色で、妖艶な雰囲気を持っている。

胸はでかい。

隣にいるロゼッタと同レベルのものがある。

「も、申し訳ありません！　実をいうとこの男は先日、私の部下として所属されたばかりの新入りなのです」

「ほう……。では、どうしてその新入りが女湯にいる？」

「うぐっ。それはその……」

「まさか恋仲というわけではあるまい。ロゼ。お前はたしか大の男嫌いだったと記憶しているぞ」

「これはその、訓練ですわ」

「訓練？」

「ええ。人族との戦いでは想定外の事態は付き物です。ですからこれはその……突発的な事態に対応するためのシミュレーションと言いますか……」

「…………」

これは……咄嗟（とっさ）の言い訳にしては頑張ったと賞賛するべきなのだろうか？

しかし、状況が状況なだけに絶望しかない。

もともと俺が騎士団の女湯にいることは、どんな屁理屈（へりくつ）を並べても、言い逃れが不可能なのである。

「なるほど。面白い」

だがしかし。

ロゼの言い訳を受けたセラの返事は予想外のものだった。

「その特訓はなかなかに興味深いな。人族との戦闘では何が起きるか分からない。不足の事態に陥った時の対応力を磨いておくのは合理的だ」

「え、ええ。隊長なら理解してもらえると信じていましたわ」

「ロゼ。でかしたぞ。オレも明日から部下たちに同じような訓練を課してみることにするか」

それにしても不思議なのはセラである。

男である俺の視線を意識して体を隠そうとするロゼとは対照的に、セラの立ち振る舞いは堂々としたものであった。

上から下まで大切なところが丸見えになっているのに本人は歯牙にもかけない様子である。

「ところで名を聞いておこうか。そこのお前、名前はなんていう？」

「あ、雨崎葉司です」

「……アメザキ・ヨージか」

セラは言葉の響きを確認するように繰り返すと、そこで衝撃の言葉を言ってのける。

「お前……面白いやつだな。オレの部下になれ」

「え……？」

コノヒトハイマナンテ？

どこまで本気で言っているのだろう？

予想外の言葉を受けた俺は完全に思考がフリーズしていた。

「セラ隊長⁉　それはどういう意味ですの⁉」

「どうって……言葉通りの意味に受け取ってもらって構わないが。オレはこのアメザキ・ヨージという男を部下につける。いいだろう？　ロゼの部下であるということは同じ三番隊に所属するオレの部下でもあるんだ」

「そ、そんなこと急に言われても困りますわ。わたくしにも都合というものが……」

「ロゼ。二度は言わんぞ。これは隊長命令だ」

「うっ……」

結局その一言が決めてとなりロゼは何も言い返せなくなってしまった。

どうやら騎士団っていうのは体育会系の縦社会で成り立っているらしい。

先輩の言うことは絶対で後輩に人権など存在しないのだろう。

「これからよろしくな！　ヨージ！」

カラカラと笑いながらも俺の背中をバシリと叩くセラ。

そして、何時（いつ）の間にやら俺は後ろから抱き付かれて、おっぱいを押し付けられていた。

「こ、こちらこそ宜（よろ）しくお願いします」

近い近い！

距離感が絶対におかしいって！

この人には羞恥心(しゅうちしん)というものが存在しないのだろうか?

……。

…………。

正直に言って一から一〇まで状況は全(まった)く呑(の)み込めない。

いきなり露天風呂にワープしたと思ったら、裸の美女たちに出会い、気が付いた時には敵対組織に勧誘されていた。

けれども。

かくはともあれ、この台詞(せりふ)だけは言うことが出来るだろう。

今日から俺、騎士になります!

〜〜〜〜〜〜〜〜〜〜

それから。

波乱のバスタイムを経た俺は、どういうわけかセラに連れられて彼女の部屋を訪れることになっていた。

「そう警戒しなくていい。取って食ったりはしないさ」

とは言われても、無理な相談である。

セラの真意は分からないが、まさかロゼの言い分を完全に信用したわけではないだろう。

俺を部屋に連れ込んだということは、何か明確な目的があってのことなのだと考えられる。

ちなみに入浴中だけに留まらず、セラの格好は過激であった。

セラが身に付けているのは『どこで売っているんだよ!?』ってツッコミを入れたくなるくらいに布面積の少ない下着のみである。

ぐはっ！

リアの透き通るような白肌も良いが、セラの褐色肌も捨てがたいよなぁ。

「とりあえずなんですが、せめて服を着てくれませんか？　なんというか目のやり場に困るんですが……」

「んんー？　どうしてオレがお前の都合に合わせないといけないんだ？」

「いや。俺も一応、男なんで。そういう格好でいられると、間違いが起きてしまう可能性があるのではないかと」

「ククク。オレの前でそんな口を利いた奴は久しぶりだ」

「………？」

セラは意味深に笑うと、色っぽく足を組みかえる。

「なぁ。ヨージ。女が肌を隠す最大の理由ってなんだと思う？」

「えーっと……。羞恥心でしょうか？」

「それは違うな。衣服という概念(がいねん)がなかったころの人類は、裸でいることに対して羞恥を抱いていなかったろうからな」

言われてみれば納得である。

常日頃から俺もビキニの水着は人前で晒(さら)せるのに、下着姿は晒せない、という世の女性たちの風潮に強く疑問を抱いていたのである。

ヌーディストビーチに行けば服を着ていることが逆に恥ずかしいという状況に陥ることもあるかもしれない。

「女が肌を隠す理由はな、男から身を守るためなんだよ。つまりは……どんな男が襲ってきても返り討(う)ちにできるオレは肌を隠す必要がねえってことだ」

「あー」

なるほど。凄(すご)く強引な理由ではあるが、筋が通っている気もする。

つまりはセラが男の視線を気にしないのは、自らの戦闘能力に対する自信の裏返しでもあるのだろう。

「……ただ、流石(さすが)のオレも明日の人間攻略任務にだけは自信がなくてな。ずっと戦力になるや

つを探していたのだよ」

「もしかして……そこで目を付けたのが俺だったということですか？」

「勘が良いな。そういうことだよ」

色々と引っかかる部分がある。

セラは俺の正体が『人間』であることを見抜いているようには思えない。

もし見抜いているのならば人間である俺を人間討伐任務に誘ったりはしないだろう。

けれども、騎士団に勧誘したということは俺に対して一定の評価をしているということでもある。

セラは一体どこまで俺のことを知っているのだろうか。

「理由を聞いて良いですか？　どうして俺なんです？　こういっちゃ悪いですが、俺は取り立てて何も秀でた部分のないニューマンですよ」

「たしかにな。けど、オレの勘が言っているんだよ。お前の中には得体の知れない『何か』が眠っているって。一目見た時からピンときた。お前の中にある『何か』が明日の人間討伐作戦のカギを握るんじゃないかってね」

「………………」

恐ろしい人である。

まさか具体的な根拠もなしに人族の力の一部が見破られることになるとは思わなかった。

流石はリアが一目置くだけのことはある。

「これはオレの持論なんだがな。本当に『凄いやつ』っていうのはよ。他人からは理解されないもんなんだぜ」

「どういうことです？」

「喩えるならよ。ダンジョンの地下五階で戦っているやつが一番凄いと身近に感じるのは地下五〇階くらいで戦っているやつなんだ。地下五階で戦っている凡人には、地下五〇〇〇階で戦っている怪物の実力を正確に測ることができねえ。当然だろ？」

「…………」

まあ、言わんとしていること少しは分かる。

俺たち凡人は富士山のことは大きいと感じることは出来ても、地球のことを大きいと日常生活の中で感じたりしないからなぁ。

大きすぎる物体は、視界に収めることすら出来ずに「大きい」と感じることすら出来ない。

「そういう意味で言うとロゼは失格なんだよな。アイツは凄く強いぜ。特に最近は何をしたのかは分からないが、メキメキと力を付けている。けど、オレに力を見透かされるようではダメなんだ」

認めているのか認めていないのか分からない発言であった。

最近、力を付けてきているというのは、定期的に俺から聖遺物の力を受け取っているからだろう。

「その点でお前は見込みがある。オレはロゼッタの『強さ』を理解することは出来てもお前の『強さ』を把握しきれていないからな。どうだ？　ヨージ。オレと一緒に人間を討伐してみる気はねえか？」

強く力の籠った眼差しでセラは言う。

も、もしかしたらこれは千載一遇のチャンスなのかもしれない。

だってそうだろう？

セラ率いる第三隊は明日の遠征でオストラの森に向かう予定なのである。

だから俺が人間討伐のためにセラについて行けば自然にリアたちと合流できるという寸法である。

「はい。世界の平和のためにも人間討伐に協力させて頂きます！」

今まで絶望的だと思っていたアジトへの帰還がグッと現実味を帯びてきた気がした。

第10話

「人間討伐作戦」

チュンチュンチュン。

騎士団の宿舎のゲストルームで寝ていた俺は小鳥たちの囀り(さえず)により目を覚ます。

ぐぬぅ……。

当然と言えば当然なのだけど、昨日は上手(うま)く寝付くことができなかった。

理由については、ベッドが変わってしまったとか、敵のアジトにいることに対する緊張感とか、セラのセクシーな下着姿が脳裏(のうり)に焼き付いて離れなかったとか、山ほど心当たりがある。

「えー。本日よりミズガルド神聖騎士団の三番隊に所属されたアメザキ・ヨージだ。仲良くしてやってくれ」

普段通りならグーグーといびきをかきながら寝ているであろう早朝。

セラに連れられて俺が向かった先は三番隊が使用している訓練施設であった。

「……男⁉　どうして男がここに⁉」

「ん～。隊長の趣味なんじゃない？　そうとしか考えられないし」

「意外よね。隊長ってああいうジミ顔が好みなんだ～」

こ、これは一体どういうことだろう？

騎士団の訓練施設というから、どんな汗臭いところなのだろうと心配していたのだが、そこにいたのは可愛い女の子たちであった。

「セラさん……これは一体……？」

「んん。ああ、そうか。言っていなかったか？　ウチの隊員はヨージ以外みんな女なんだよ」

「初耳です！」

これは後で知ったことなのだが、セラはロゼと同じで大の男嫌いらしい。

加えて「可愛い女の子が好き」という極めて百合っぽい趣味を持ったセラは、自分の隊のメンバーを好みの女子で固めてしまったらしい。

「よし。それじゃあ、人間攻略のための最終訓練を始めるぞ。各自配置につくように」

「「はいっ！」」

最初は砕けた雰囲気であったが、いざ訓練が始まると隊員たちは真剣であった。

「マーベル。例の役……頼まれてくれるか？」

「は、はい！　隊長の頼みとあらば喜んで！」

ん？　例の役っていうのはなんだろう？

セラは意味深な言葉を残すと、マーベルという女の子に耳打ちをしていた。

すると、その直後。

驚くべきことが起こった。

模擬刀（もぎとう）を手に取った数人の隊員たちが一斉に、鎧（よろい）を身に付けたマーベルに向かって飛びかかっていったのである。


「セラさん。あれは何をやっているんです？」

「ああ。見ていれば分かるよ」

素人目（しろうとめ）に見ても訓練の内容が普通ではないことは直ぐに分かった。

鎧を身に付けたマーベルが相手にしているのは一〇人を超える隊員たちである。

普通こういうのって一対一で練習するものだよな？

多人数で一人を袋叩きにする行為を果たして訓練と呼んで良いのだろうか。


「たああぁぁぁ！」

だがしかし。

そこで驚くべきことが起こった。

「きゃっ」

「ごばっ」

「ぐはっ」

訓練施設の中に女の子たちの悲鳴が響き渡る。

なんとマーベルは一〇人を超える隊員たちを返り討ちにしてしまったのである。

「この訓練は対人間を想定したものなんだ。あそこにいるマーベルは、オレの特製補助魔法によって強化した。並みの剣士では一〇〇人が束になったところで敵わないだろうよ」

なるほど。

そういうことだったのか。

つまるところこの訓練は、人間という強大な敵を味方同士で連携して打ち倒す練習なのだろう。

たしかに、人間を倒す訓練に限定すれば普通に一対一で打ち合うより、理に適っている気がする。

「よし。一通り終わったみたいだな。次はヨージの番だ」

セラはそう宣言すると、こちらに対して鞘の入った剣を投げ渡す。

「えっ。俺も参加するんですか？」

「当然だろ？　これからオレはお前に背中を預けて戦うことになるんだぜ。力を見ておかねーとな」

マ、マジかよ。

そんなことを聞いていないんですけど!?

そもそも俺は、修学旅行のお土産に買った木刀以外には剣なんて握ったことがない。

完全なド素人である。

どうすればいい。

剣の経験がなくても人間パワーをフルに使えば隊員の女の子を倒すのは容易だろう。

だがしかし。

その場合は相手の命を保証することはできない。

人間パワーの調整は酷く難しいのである。


「……チッ。セラ様にどうやって取り入ったかは知らないが、私がここで引導を渡してくれる。殺す。殺す殺す殺す殺す殺す」


ひえっ！　どういうわけかマーベルは殺気を剝き出しにした様子でブツブツと何事か呟いていた。

鈍感な俺でも察することができる。

マーベルという女の子はセラに対して恋愛に近い感情を抱いているのだろう。

ロゼといい、セラといい、マーベルといい、三番隊っていうのは百合属性の女の子しかいないのかよ!?


「おりゃあああぁぁぁ！」

悩んだ挙句(あげく)に俺は、身体強化魔法を使わないで普通に剣で攻撃することにした。

「このっ！　このっ！　このっ！」


アカン。これはアカン。

まったく手応えが感じられない。

クソッ……。

これが補助魔法の効果なのか。

マーベルの周囲は分厚い魔力の膜(まく)のようなもので覆(おお)われていて、防御能力が格段に上昇していた。


「なんですか？　その打ち込みは？　真面目(まじめ)にやっているんですか？」

「や、やっているよ！」


悪かったな。

人間パワーを使わない俺の力なんてこんなもんだよ。

まずいことになった。

このまま良いところがない場合はセラに見限られてしまうことになるかもしれない。

その時は当然、人間討伐作戦に参加できないからリアたちの待っているアジトに帰れなくなってしまう。

「隊長。もし、もしもですよ、私がここで、手違いによってこの男を殺してしまった場合、罪に問われることになるのでしょうか？」

「いや。訓練中に起こった事故については全て王権の庇護のもと免責の扱いとなっている。そうでもしないと本気で訓練に打ち込むことができないからな」

「そうですか。回答ありがとうございます」

「…………」

ぎゃぁぁぁあああああ！

この子……完全にヤル気だよ!?

このままではアジトに帰れないどころか、三途の川を渡ってしまうことになりかねない。


「今度はこちらの番です」

マーベルの攻撃。

マーベルは俺の脇腹を目がけて手にした剣を振りぬいた。

ひぃっ！
模擬刀とは言ってもやはり怖い。
まともに攻撃を受ければ胃の中のものを全てぶちまけてしまいそうである。

「……え？」

すると、そこで予想外のことが起こった。
まず、バキリッという鉄製の模擬刀が二つに折れることになった。
それだけではない。
どういうわけか俺の体に剣を打ち込んだはずのマーベルの体が吹っ飛んでいく。

「ゴボッ!?」

訓練場の壁に激突したマーベルは、そのまま泡を吹いて倒れているようであった。
も、もしかして俺……やっちまったのか？
迂闊！
剣が怖くて力加減を間違えてしまった！

そう言えばリアに聞いたことがある。

身体強化魔法が発動するタイミングには二種類あって、任意的なものと、身の危険に応じて発動する自動的なものがあるらしい。

今回の場合は後者の方が発動してしまったのだろう。

どういう理屈かは分からないが、人族の圧倒的な魔力を前にしたマーベルは反射ダメージを受けてしまったというわけである。


「おいっ。ヨージ。お前、今、何を……？」


この事態を受けて、真っ先に声を上げたのはセラである。

ほわぁっ!?

ここで俺の正体がバレてしまったら無事に帰れるはずがない！

ど、どどどどうしよう!?


「あれ～？　あれあれあれ？　セラお前、任務の直前に何やってんだよ？」

俺が頭を抱えたその時であった。

訓練施設の中にいるはずのない『男』の声が響き渡る。

「……ナッシュか。見ての通り訓練だよ。人間攻略作戦に向けて最終的な調整をしておこうと思ってな」


そうか。

この男が六番隊の隊長ナッシュか！

以前にロゼが言っていた。

今回の人間攻略作戦を任されたのはセラ率いる三番隊と、ナッシュ率いる六番隊なのだとか。

金色の髪に犬耳を生やしたナッシュという男は、見るからに軽薄そうな外見をしていた。


「ククク。プハハハハ！」


セラの言葉を受けたナッシュは突如として笑声を上げる。

その笑い方は、まるで他人を見下すことに喜びを覚えているかのようであった。

「……何がおかしい？」

「そりゃおかしいさ。訓練なんてアホくせぇ。セラよ。大賢者ラシエルが抜けた今、騎士団最強の魔術師とすら言われたお前が……もしかして人間ごときにビビっているんじゃねーだろーな？」

「あまり人間を舐めない方がいい。最近の研究によると、彼ら人間の魔力保有量は、少なく見積もっても我々新人類の一〇万倍を超えていると聞く」

「カッ！　あんなもん人類学者の戯言に過ぎねーよ！　考えてもみろよ？　そんな化け物が地上にウヨウヨしていたら、今事、この世界はなくなっているだろうよ」

「………」

それに関しては俺も前々から疑問に思っていることであった。

人間である俺の魔法はその気になれば月すら破壊することすら可能な威力を持っている。

個々がそれほど危険な能力を持っていると、高度な文明を築くことは不可能に思える。

「質問を変えようか。ナッシュよ。お前こそどうしてここに？」

「カズール様からの伝言だ。想定していたよりも早くに移動の準備が整った。時刻を二時間ほど切り上げて、オストラの森に向かえってよ」

「……そうか。それはわざわざすまなかったよ」

「まぁ、会いに来た理由っていうのはそれだけじゃねーんだけどな」

ナッシュはそこで下卑た笑みを零すと嫌らしい手つきでセラの肩に触れ始める。

「……お前のエルフ好きは変わらないな。お前はリアに対して熱を上げていたのではなかったのか?」

セラは冷たい声音(こわね)で尋ねると、素っ気なくナッシュの手を振り払う。

「……リアか。たしかに良い女だったが、この世にいないんじゃ意味がねーからな」

「それは分からんぞ。リアの生存報告はあの事件の後も各地で上がっている。抜け目のないあの女のことだ。今もどこかで生きて、人族の情報をかき集めているやもしれん」

「ケッ。どっちにしろ、オレの前から消えた時点で興味は失せたぜ。まっ、リアの方から、オレの女になりてぇって土下座(どげざ)をするなら、肉便器として傍に置いてやっても良いのだがな」

こ、こいつ!

本人がいないからって好き勝手に言いやがって!

正体がバレそうなピンチの時に現れたことには感謝をするが、今の発言だけは度し難い。

落ち着け。

怒りを抑えてクールになれ。

ここで人間パワーを使って報復するのは簡単だが、そうなると本格的にアジトに帰還することが絶望的になる。

ナッシュに対する制裁は後回しにして、今は目的の達成に集中していくことにしよう。

〜〜〜〜〜〜〜〜〜〜〜


待ちに待った出陣の時がやってきた。

どうやら騎士団の規模というのは俺が想像していた以上のものだったらしい。

今現在。

王都の城門の目の前には二〇〇人を超える武装兵と五〇台を超える馬車が配備されていた。

「隊長。準備は整いました。後は隊長の好きなタイミングで全軍を動かすことが可能ですわ」

「ロゼ。よくやってくれたな。予定より早く準備を整えることが出来たのは偏にお前の功績だろう」

「……ハッ。わたくしなどには勿体のないお言葉です」

セラの言葉を受けたロゼは地面に片膝をついて忠誠のポーズを見せる。

やっぱりロゼにとってはリアだけが仕えるべき主という認識なんだろうな。

ロゼの一挙手一投足は気持ちの入っていない、いかにもビジネスライクなものであった。

「ところでロゼ。お前はこの任務から外れろ」

「「なっ」」

驚いた俺はロゼと同時に声を上げてしまう。

「な、何故？　理由を聞かせては頂けないでしょうか」

「お前は最近オレに何か隠しているな？　端的に言って信用できん。背中を預けて戦う仲間として不適切だと判断した」

す、鋭い！

実のところ今回の遠征にあたり俺とロゼは、事前に入念な打ち合わせをしてきたのである。

こちらとしてはオストラの森に到着した直後にロゼが周囲の注意を引き付けて、俺がアジトに帰還する、という腹積もりであった。

「し、しかし！　わたくしが抜けた場合、他にどなたが副隊長を務めますの!?　カズール様は今回の作戦は隊長・副隊長の連携を義務付けておりました。隊長の発言は明確な規約違反となりますわ！」

「ふふふ。それについては問題あるまい。副隊長には代理としてヨージに務めてもらう」

「…………」

セラの発言を理解するのには少しだけ時間がかかった。

な、なんて酔狂な人なんだ！

どういう思考をしていたら昨日出会ったばかりの奴をそんな重要なポストに置くのだろう。

まさか騎士団に所属した挙句に、こんなに早く昇進するとは思わなかった。

前の世界では出世という言葉に一切縁のない生活を送っていただけに新鮮な気分である。

「……あの、本当に俺なんかで良いんですか？」

「ああ。先程のマーベルとの戦いを見て確信した。どうやらオレの目に狂いはなかったようだ。やはりお前は面白い。今回の人間攻略のカギはお前が握っていると言っても過言ではないだろう」

過言だよ！　その『人族』っていうのが、俺なんです！

なんて言葉はセラの前では口が裂けても言えなかった。


〜〜〜〜〜〜〜〜〜〜〜〜〜〜


それから。

暫く馬車を走らせていると、オストラの森に到着する。

おお！

懐かしの我が故郷が見えてきた！

王都からアジトまでの距離は直線距離にすると三〇キロほどのものらしい。

しかし、そうは言っても道のりは決して平坦なものではないし、盗賊(とうぞく)・魔物なんかに襲われるリスクもある。

単独で戻るのは厳しいと予想していたので、今回のセラの提案はまさに渡りに船であった。


「よし。馬車を止めてくれ」


セラは運転手に合図を送ると、兵たちを集めて隊列を整える。

改めて見ると、やはり凄(すご)い。

総勢二〇〇名が列を作って並んでいる光景は圧巻の一言に尽きた。

しかも、同じ規模の第六隊が逆方向から攻める予定となっているので、実際に集まった兵は倍となる。


「しかし、不気味な森だな。魔力の濃度が段違いだ」

俺たち第三隊の役割はオストラの森を東側から探索することにある。

どうやら騎士団サイドは俺たちのアジトがオストラの森にあることまでは当たりを付けていたが、正確な場所までは特定できていないらしい。

そういうわけで東側から三番隊、西側から六番隊が森の探索をする手はずとなっていた。

「気をつけろ！　上の方に何かいるぞ!?」

セラが忠告した直後であった。

崖の上から矢継ぎ早に岩の雨が降り注ぐ。

「クッ……。この投石はゴブリンか……」

ああ。そうか。そういえばオストラの森の警備は西側をヤン、東側をオールがそれぞれ担当しているんだっけ。

「大した統率力だ。絶え間なく攻撃が続いているが、こちらに尻尾を掴ませてはくれん。率いている将が優秀なんだろう」

魔法のシールドで投石を弾き飛ばしながらもセラは言う。

いやいや。

そんな大したもんじゃないと思うよ。

俺の中のオールのイメージは単なる頑固なジイちゃんである。

とてもじゃないがセラが賞賛するほどの能力はないと思う。


「きゃっ」

「わっ」

「くっ」


投石のダメージを受けた女隊員たちの悲鳴が上がる。

そうか。

投石は魔法を使って防御できるセラにとってはなんてことなくても、一般隊員に対しては危険な攻撃になるんだ。

「総員！　魔法を仕える者のシールドの中に入れ！　ここから先は我慢比べとなるぞ」

なるほど。

なんとなくだけどオールの狙いが見えてきた。

俺の予想が正しければ、投石による攻撃は相手を攪乱させて足止めを狙うもので、決定打となる作戦は別のところにあるのだろう。

となると怪しいのは、俺たちを横から攻められる茂みの中だろうか。

……。

………。

やはりいた！

魔力を目に集中させて視力を上げると、オール率いるゴブリン部隊が、虎視眈々と俺たちの様子を窺っていた。

このまま両者がぶつかることになれば双方が取り返しのつかないダメージを受けてしまうだろう。

「ヨージ！　何処に行くんだ!?」

俺はセラの忠告を振り切り、シールドの外に出ると、全速力で茂みの中に突入する。

「曲者じゃ！　矢を放て！」

オールのかけ声と共に大量の矢が俺に向かって放たれる。

だがしかし。

人間パワーを使って身体能力を強化させた俺にとっては、蚊が止まったかのようなダメージである。

セラたちの視界から離れたことを確認した俺は大ジャンプをすると、そのままオールの傍に着地をした。

「オール！　攻撃を止めるんだ！」

「なっ。なななななな!?　ど、どうしてヨージ様が敵軍に!?」

俺の姿を見たオールは動揺していた。

そりゃそうだ。

俺自身どうして騎士団の副隊長として人間討伐に向かっているのか、上手く理由を説明することができないからな。

「それについては追い追い説明するよ。とにかく今は一刻も早く攻撃を止めてくれ」

「し、しかし……。ここは神聖なる人間軍の本拠地ですぞ！　みすみすと敵の侵入を許すわけには……」

「あ〜。なら命令を変えよう。投げるものをもっと安全なものに変えてくれ」

「…………」

俺の言葉を受けたオールは渋々といった感じで納得してくれたようであったっとと。

早くセラの部隊と合流しないとな。

時間が長引くほど「何かあったのか？」と疑われてしまうだろう。

「ヨージか。何処に行っていたのだ？」

「すいません。急にトイレに行きたくなってしまって」

「……そうか。まぁ、お前はそういう男だったな」

セラは俺に対して怪訝な眼差しを向けたものの、それ以上は何も追及しようとはしなかった。

たぶんだけど元々、疑わしい要素が山積みの俺に対して尋ねても焼け石に水だと考えたのだろうな。

「……それよりこれを見てくれ。ヨージが外している間にゴブリンたちが投げるものが石からリンゴに変わったんだ」

なるほど。
よくよく周囲を見渡してみると、地面には無数のリンゴが転がっていた。
これは『投げるものをもっと安全なものに変えてくれ』という命令をオールが真に受けた結果なんだろうな。

「――不可解だ。ゴブリンが貴重な食糧を投げ渡すなどということは聞いたことがない。これは何かの罠か。呪術の類か？　毒を入れているのか？　果たして我々はこのまま進行を続けて良いものだろうか」

す、凄い悩んでいるな。
なまじ有能な人ほど深読みをしすぎて混乱してしまうということだろうか。

「いや。特に深い意味とかはないと思いますよ」

俺はセラの警戒心を解くためにリンゴを拾って食べてみる。

味の方は至って普通のリンゴであった。

ゴブリンたちが長期戦になることを想定して用意していた食糧なのだろう。

「ならば良いのだが……。しかし、ゴブリンたちが一体何故……？」

不可解な出来事の連続に脳の処理が追いついていないのだろう。

俺が呑気にリンゴを齧っている傍ら――。

セラは頭に疑問符を浮かべるのであった。


～～～～～～～～～～～


無事にゴブリンたちの猛攻を掻い潜ることに成功した俺たちは、目的地であるアジトに到着した。

長かった。

時間にすると一日くらいしか経っていないのだが、随分と懐かしい感じがする。

後は上手くリアたちと合流して、騎士団を追い返すことが出来れば全てが丸く収まるだろう。

「――な、なんという禍々しい魔力なんだ。間違いない。目的の人族はあの洞窟の中にいる」


いやいや。

目的の人族なら貴女の隣にいますけど⁉

というツッコミは当然ながら控えておく。

そろそろ人間パワーが規格外過ぎて、正しく計測されない展開にも慣れてきたぜ。


「この先は何が起こるか全く分からん。総員、気を引き締めていくように」

「「「――ハッ」」」

セラが合図を取ると、ドシドシと足音を響かせながらも三番隊の面々がアジトの中に入っていく。


「ヨージはオレの直ぐ隣にいろよ。勝手な行動は許さないからな」

参ったな。

先程のゴブリン軍団の一戦で俺の動きを不審に思ったのだろう。

セラは俺に対して視線をピッタリと貼り付けて解こうとはしない。
隙を見つけて離れないといつまで経ってもリアと合流できないぞ。

「…………ッ！」

俺が頭を悩ませていた直後。
セラの頭の横を高速で飛翔する謎の物体が横切った。
卓越した反射神経を持ったセラだからこそ攻撃を回避できたが、普通の隊員ならば今の攻撃で勝負が決していただろう。

「バカな……なんだこの化け物は……!?」

何処からともなく飛んできた『それ』を見るなりセラは絶句した。

「こ、これがスライムだというのか……！」

「キュー！」

何故ならばセラを驚かせるほど素早く動くモンスターが、外見的には何の変哲もないスライムだったからである。
このスライムたちの正体は、ライムの細胞分裂によって生み出されたライムジュニアである。ジュニアとは言っても聖遺物(せいいぶつ)の力を受けているので普通のスライムと比較すると、千倍以上の力を持っているとリアから聞いたことがある。

「きゃぁぁぁあああああああ!」

アジトの中に女隊員の悲鳴が響き渡る。
高速で飛翔するスライムたちは次々に女隊員の衣服を剝(は)ぎ取り、粘着性の高い体液で四肢(しし)を拘束(こうそく)していく。
その結果、一人また一人と悲鳴を上げる女隊員が増えていき——。
洞窟の中はさながら天国……いや、地獄絵図と化していた。

「セラさん! 前からも来ます!」

うおっ!

俺が知らない間にライムの子供たちって増えていたんだな！

前から現れたらスライムの数は四体。

後ろで別の隊員たちと戦っているスライムを合わせると合計で一〇体はいるだろう。


「火炎連弾（バーニングブレッド）！」


この魔法は……いつもリアが使っているやつか！

セラは目の前のスライムたちに向かって巨大な火の弾を浴びせにかかる。

スライムに火の玉が直撃した瞬間。

ドガガガァァアン！　と。

洞窟の中には大量の粉塵（ふんじん）が白煙と共に巻き上がる。

スゲー！

これがセラの本気の魔法か！

聖遺物を摂取（せっしゅ）したリアと比べて劣りはするが、スライムたちを蹴散（けち）らすには十分なものである。

素の状態でこの威力なら、聖遺物でパワーアップを遂（と）げたら、どうなってしまうのだろう。

「驚きました。凄い威力ですね」

「ダークエルフには魔族の血が流れているんだ。これくらいの魔法は使えるさ」

これは後で知ったことなのだが、ダークエルフという種族は『エルフ×魔族』のハーフらしい。その微妙な立ち位置から、新人類の中でも差別を受けやすい種族なのだとか。

「ヨージ！　先を急ぐぞ！　この場に留まるのは危険だ！」

セラは俺の手を引くと、アジトの奥に向かって走り始める。

う～ん。

実を言うと、そこまで危険ではないんだけどな。

洞窟を守っているスライムたちの下している命令はあくまで『侵入者を無力化すること』だけである。

衣服を奪われてヌルヌルプレイを強要されたりはするが、命の危険に関わるようなことはないのである。

「……む。なんだこの階段は？」

スライム軍団の猛攻を切り抜けた俺たちは地下階段の前まで移動していた。

この階段を降りると、第一階層《温泉エリア》に繋がることになり、俺たち人間軍の生活区域が広がっていくことになる。

「間違いない。この先に……いる」

「いるって何がです？」

階段に近づくにつれてセラの表情は険しさを増していった。

額からは汗が流れ、心なしか息苦しそうな感じである。

「ギュウウウウウウウウウウ」

もしかして……ライムなのか？

声のした方に目をやると、青色の髪の毛を逆立てた少女がそこにいた。

セラのことをアジトに土足で上がりこんでいる外敵と見做しているのだろう。

怒ったライムの表情には、普段のような愛嬌は微塵もない。

端的に言ってめちゃくちゃ怖かった。

「……内包する魔力量の底が知れない。見つけた。彼女が人族だ」

「はい!?」

ちょっと待て。

どうしてそこでライムが人族っていうことになるんだよ!?

セラは重大な勘違いをしている。

人間軍の中でもライムは特別戦闘能力が高いというわけではない。

この階段を降りた先には、もっと強い連中が控えているぞ。


「身体強化（マナ・スリーブ）」


そこでセラが使用した魔法は、朝の訓練で見たものと同じ補助魔法であった。

そうか。

てっきり俺は他人にしか使用することが出来ない魔法だと思っていたのだが、自分自身に使用することもできるのか。


「……悪いが、ここからは加減ができん。私の中に流れる魔族の血を全て解放させてもらった」

「ギュウウウウウウウウウ」

セラの雰囲気（ふんいき）が変わった!?

魔族の血を解放したという言葉に何か関係があるのだろうか。

セラの褐色の肌は更に黒くなっていき……なんというか、悪魔のような外見になっていた。

アジトの中に二人が拳を交える音が響き渡る。

強い！

魔族の力を解放したセラの動きは以前とは見違えるようであった。

しかし、ライムも負けてはいない。

ライムは持ち前の魔力量を活かしたパワープレイでセラの攻撃を受け止める。

両者の力量は互角だった。

純粋な身体能力ではライムの方に大きく軍配が上がるが、戦闘の経験ではセラが勝っており、息をつく暇もない攻防が繰り広げられている。

ど、どうしよう。

この辺でネタバラシをした方がいいだろうか。

しかし、今更セラに対して『実は人族の正体は俺でしたー』とか言っても信じてもらえるだろうか。

それ以前に今更口を挟めるような空気ではない気もする。

俺が頭を悩ませていた直後であった。

ドガァァァァァァァァァァァァァァァァァァァァァァァァァアア

アアアアアン！

アジトの中に原因不明の大爆発が起きる。

なんだ!?

何が……起こったんだ……？

この爆発をモロに受けたライムはクルクル目を回して気絶していた。


「ククク。仕留めたぜぇ。人間！」


不快な男の声が聞こえたかと思うと、白煙の中から見覚えのある男の影が浮かび上がる。

「……ナッシュ。どうしてここに」

爆発に巻き込まれたセラは頭から血を流しながらもそう尋ねる。

かろうじて意識はあるが、声を出すのもやっとという状態であった。

「貴様一人なのか？　部下はどうした？」

「さぁな。役立たずの部下どもなら今頃、飢狼族のエサにでもなっているんじゃないか」

「クッ……。貴様ァ……！」

爆発に巻き込まれて満身創痍になったセラは最後の力を振り絞ってナッシュに向かって飛びかかる。

しかし、その直後。

ナッシュの体が大きく膨れ上がり、身長二メートルを超える巨体に変貌を遂げる。


「その力は……!?」


巨大化したナッシュに首根っこを掴まれることになったセラは苦悶の表情を浮かべていた。

「フフ。まぁ、そう急くな。お前のことはそこにいる人族を食らってから、たっぷりと可愛がってやるからよぉ」

「ナッシュ……。さては貴様……魔族に魂を売ったか!?」

「お前には関係のないことだ。眠っていろ！」

ナッシュは声を荒げると、セラの体を思い切り壁に向かって投げつける。

「……セラさん!?」

身体強化魔法……発動！

俺は人間パワーをフル動員すると、投げつけられたセラを間一髪のところでキャッチする。

人間パワーをフルに使った反動か、アジトの中には、ひと一人吹き飛ばしかねない強風が吹き抜ける。

「ヨージ……？　今の力は一体……!?」

「……説明は後です。とにかく今は休んで下さい」

俺はセラの体を優しく地面に置くと、目の前の敵と対峙する。

「へぇ。セラの腰巾着かと思ったら意外と動けるじゃねーか。お前、何者だ？」

俺と同じ人間パワーを得た慢心からだろうか。

ナッシュの表情に動揺は見られない。

それどころか自分の力を試す格好の獲物を見つけられて喜んでいるように見えた。

「その前に一つ聞きたい。お前のその力は誰から受け取った？」

「チッ。質問を質問で返すなっつーの。まぁ、いい。名前は知らねーが、仮面をつけた魔族だったよ。奴はオレに力を与える。オレは人族のアジトに攻め込んで死体の一部を持ち帰る。そういう交換条件だった」

「………………」

やはりそういうことか。

これに関しては俺の予想は見事に当たっていた。

先日の邪竜出現の時もそうであった。

仮面の魔族――グレイスは、自ら開発した聖遺物の力を他者に分け与えて、実験を繰り返しているのである。

「さて、今度はお前が質問に答える番だぜ。お前、ただのニューマンじゃねぇな？　薬を飲んだ後だから分かる。一見すると単なるニューマンのようにしか見えねぇが、お前からは何か嫌な予感がするんだ」

この世界のルールとして内包としている魔力に差がありすぎると、相手の実力を正確に把握できないというものがある。

ナッシュは俺が単なるニューマンでないということに気付いた。

逆に言うとそれは相手の力量が警戒レベルに達しているとも言い換えられる。

どうせ無傷で返してやるつもりはないんだ。

ここでネタバレしてしまっても構わないだろう。

「残念でした。俺が人間だよ！」

宣言した俺は人間パワーを使ってナッシュに対して殴りかかる。

「うぉっと。危ねぇ、危ねぇ」

だがしかし。

不意を衝いた俺の攻撃は間一髪のところで躱されてしまった。

こいつ……速い！

なるべく殺さないように、と手加減をしようとしていた部分もあったが、驚きのスピードである。

単純なスピードなら過去に戦ったどの相手よりも速い気がする。

「ヒャハハハ！　人間ン〜？　面白いこと言うじゃねーか。本当に人間ならオレの動きを捉えることが出来るよなぁ〜？」

前にリアが言っていた『閃光のナッシュ』の異名は伊達ではないということだろうか。

こちらが目線で追えなくなったタイミングで後ろから攻撃を仕掛けるつもりなのだろう。

ナッシュは壁から壁に跳躍を続けて、俺の周囲をグルグルと回り始める。

「うん。できる」

今度は俺が攻撃を見切るターンである。

俺は振り向きざまに、背後から迫るナッシュの額を指で突いてやる。

「なっ……」

自らのスピードに対して絶対の自信を持っていたんだろうな。

格下だと思っていた相手に攻撃を見切られることになったナッシュは、愕然とした様子であった。

ふう。

ナッシュが武器を持たないで戦うタイプで助かった。

これで相手が刃物を持っていたら恐怖が先にきて、思うように力を発揮できなかったかもしれない。


「バ、バカな。動けん」


そりゃそうだよ。

人間の腕力っていうのは、その気になれば岩山を一つ粉々にする程のパワーを秘めているからな。

指一本とは言ってもその気になればシロナガスクジラだって投げ飛ばすことができるだろう。

「まさか……貴様……本当に人間なのか!?」

「だから……さっきからそう言っているわけだが……」

「クッ……。ならば」

顔を真っ赤にしたナッシュはそこで服のポケットをゴソゴソと漁り始める。

あの錠剤は……!?

もしかして魔族の作った聖遺物を持参していたのか……!?

ナッシュはニヤリと笑みを浮かべると、掌の中の錠剤をまとめてゴクリと飲み込んだ。

「ククク。これで終わりだァァァ！」

錠剤が喉を通る音が聞こえたかと思うと、ナッシュの様子は豹変していた。

魔族の作った聖遺物は、短期的に見ると凄まじい効果を上げるが、副作用も尋常ではない。

中でも知能の低下は深刻で、これまでにも冷静な思考が出来なくなってしまう奴らを大勢見てきた。

「アヒャヒャヒャヒャ！　力が！　力がアアアアアアアアァァァ！」

うん。まぁ、たしかに多少は力が強くなったと思う。

しかし、それはこれまでハエくらいだったのが、カブトムシくらいには進化したなかな？　という程度である。

もともと人間パワーをフルに発揮した俺と力比べをしようという判断が間違っているんだろうな。

老婆心ながらもアドバイスしておくと、ここはムキにならないで回り込んでスピードで勝負するべきだったと思う。

しかし、錠剤によって思考能力を失ったナッシュは、あくまで力勝負に拘りたいようである。

恨むなら理不尽過ぎる人間パワーを恨んで欲しい。

ここは早めに止めを刺してやるのが優しさというものだろう。

「とりゃっ！」

覚悟を決めた俺はデコピンによってナッシュの額を弾くことにした。

「ヴォガァッ!?」

俺のデコピンを食らったナッシュはそのまま大きく体を吹き飛ばすことになる。

最終的に洞窟の壁にめり込んでしまったナッシュは、そのままピクピクと体を痙攣させていた。

殺さないように力加減はしたし、ナッシュの方は放っておこう。

それよりも俺にとって気掛かりなのは、この戦闘を最後まで見ていた彼女のことである。

「セラさん。黙っていてすいませんでした」

「………………」

今更謝っても遅いということなのだろうか？

セラの表情は晴れなかった。

そうか。

そうだよな。

これまで俺はずっとセラのことを騙していたのである。

簡単に許してもらえるはずがないだろう。


「……覚悟はできている。一思いに殺してくれ」


突如としてセラはオークに摑まった姫騎士のような台詞を口にする。

ほわっ⁉

何をどう勘違いすれば殺すとか殺さないという台詞が出てくるのだろうか。

「いやいや。殺しませんよ」

「……殺さないのか？」

「当然です」

「フッ……。ヨージは甘いな。いいか？　オレに与えられた役目は人族の抹殺だ。ここでキミがオレのことを見逃せば、オレは再びキミのことを殺しに行くことになるだろう」

「………」

なるほど。

そういう理由から出た台詞だったのか。

たしかに俺にとってセラは脅威となる存在である。

損得だけを考えるならば、ここで倒しておいた方が良いのかもしれない。

だがしかし。

本当に『甘い』のは果たしてどっちなんだろうな。

俺を殺すつもりなら、黙って俺に助けられたふりをして後から奇襲をかけるのが最善だろう。

「まずはこれを舐めて、体の傷を癒して下さい」

何はともあれセラの怪我を治してやるのが先決だろう。

そう考えた俺はセラの口の中に無理やり指をツッコムことにした。

「〜〜〜〜ッ!?」

生暖かい。

湿り気を帯びた人肌の温度がジンワリと指先に伝ってくる。

唐突に口の中に指を突っ込まれることになったセラは、目を丸くして驚いているようであった。

「んっ……。ちゅっ……ちゅっ……」

しかし、セラが抵抗を見せたのは一瞬である。

人族の体液には媚薬のような効果があるからな。

何時の間にやらセラは『心ここにあらず』と言った雰囲気で俺の指をしゃぶっていた。

「傷は治ったみたいですね」

「オ、オレは一体何を……!?」

俺が指を抜いてから暫くすると、セラはやがて我に返った様子で驚いていた。

「……なるほど。聖遺物、というやつか。しかし、なんという甘美な味だ……！　舐めているだけで骨の髄からとろけそうになったぞ」

ご名答。

本当は回復魔法が使えたら良かったんだけどな。

コントロールが効かずにまたアンデッドを召喚してしまったら目も当てられない。

指の先から出る汗を与えるだけでも、傷を治すのに必要な魔力くらいは供給できるだろう。

「元気になったら部下を連れて今日のところは引き返して下さい」

「ハハハッ。こいつはお笑いだ。見逃すだけではなく敵将の傷まで治すとはな。ヨージ。お前は一体どこまで甘いんだ？」

その台詞はセラにだけは言われたくない。

俺がセラの傷を治したのは酷（ひど）く打算的な理由である。

セラが元気にならないことには、アジトに押し寄せた連中を王都に戻してやることが出来ないからな。

「俺はこの洞窟（どうくつ）の中にいますから。リベンジマッチならいつでも受け付けますよ」

「……チッ。参った。こんな屈辱（くつじょく）を受けたのは初めてだぜ」

俺の思い過ごしだろうか？

台詞から受ける印象とは真逆で、セラの表情は心なしか晴れやかなものに見えた。

「アメザキ・ヨージ。オレを見逃したことを後になって悔やむんだな……！」

セラはそんな捨て台詞を残すと、部下たちが拘束されている出口の方に向かう。

こうして初めての騎士団との戦闘は意外な形で幕を閉じるのであった。

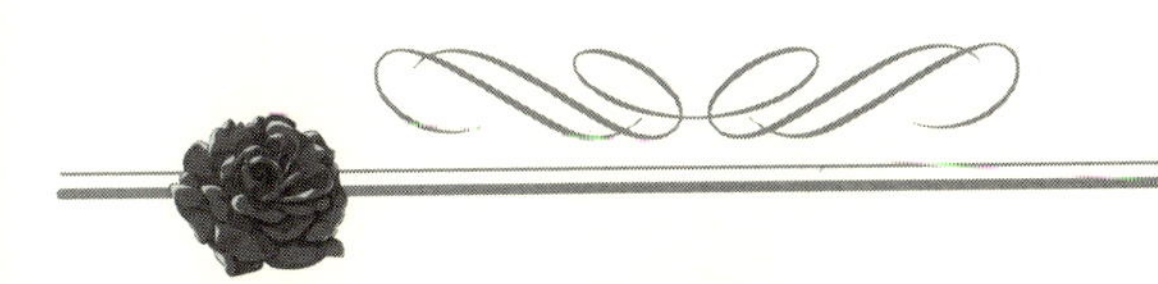

エピローグ

「白黒つけてよ」

それからのことを話そうと思う。

無事に騎士団の面々を追い返すことに成功した俺がリアたちと合流したのは、意外にも数日後のことであった。

「主さま！　主さま！」

「ヨージっ！　会いたかった……！」

何でも第三階層のワープ装置の異変に気付いたリア&カノンは、俺が王都に移動したという情報を突き止めて、二人で探索に出かけたらしい。

俺が騎士団に加入して、人間討伐作戦に参加していることは二人とっても予想外だったのだろう。

そういうわけで俺がアジトに戻るのと同じタイミングで二人と入れ違いになってしまったのである。

「流石は主さまです！　あえて自ら敵軍の中に入り、混乱させて、撤退に追いやるとは……。凄すぎてもはや、何という言葉で称賛すれば良いのか分かりません！」

なんとなく予想はしていたけど……どうしてそうなる!?

俺から今までの経緯を聞いたリアは、キラキラとした尊敬の眼差(まなざ)しを俺に送っていた。

結果だけ見ると、リアの言うことも否定できない部分があるのだけど、偶然の出来事に対しても躊躇(ちゅうちょ)なく全肯定してくるリアが怖い。

ああ。そうそう。

これは後でロゼから聞いた話なのだが――。

セラは騎士団の中で人族に関する情報を一切口にしていないらしい。

う～ん。

最後に残した言葉は照れ隠しで、実際には報復に来る気がなかったのだろうか?

流石にそれは楽観的過ぎる考えのような気もする。

いずれにせよ俺にとっては、その後の動向が分からないセラが少しだけ不気味であった。


～～～～～～～～～～～


「おお～。今日も良い天気だなぁ」

「はい。こうして何事もなく主さまと並んで歩くことが出来て嬉しいです」

あくる日の朝。

仲間たちとの合流を果たした俺はリアと一緒に日課である狩りに出かけた。

やはり自分の家は良い。

騎士団での生活も刺激的で退屈はしなかったけど、ああいうイベントが頻繁に起こってしまうと俺の身が持たない。

今後ワープ装置の利用には細心の注意を払っていかないとな。


「ふふふ。随分と面白い組み合わせだな」


そんなことを考えている時であった。

俺たちは森の中で意外な人物に遭遇する。


「セラ!? ど、どうしてここに!?」


セラとの遭遇を受けて最初に驚きの声を上げたのはリアであった。

そう言えば以前に聞いたことがある。

リアとセラは大賢者ラシエルの元で魔法を教わっていた姉妹弟子の関係らしい。

「その言葉、そっくりそのままお返しするぜ。実に興味深い。アメザキ・ヨージという男は、かつて鬼将と呼ばれたお前を誑し込むほどの存在なのか」

「……主さま。下がって下さい。この女は危険です。今ここで私が始末します」

「物騒なことを言う。オレは別にお前たちと戦いに来たわけではないんだぜ。今日のところはな」

セラはそう告げると、両手を上げて敵意がないことを示しながらも、俺の前に歩み寄る。

「思った通り……隙だらけだな」

「〜〜〜〜っ!?」

突如としてセラの柔らかい唇が俺の口元を塞いだ。

な、何をやっているんだ!?　この人は――っ!?

「なっ。なななな!?」

どうやらこの事態に対して一番ショックを受けていたのはリアらしい。

信じられない光景を目の当たりにしたリアは、頭からぷしゅ〜っと湯気を立ち昇らせて、呆然(ぜん)と立ち尽くしていた。

「セラさん!?　これは一体……!?」

「セラでいいよ。お前はもうオレの部下じゃないんだろう？　これからは一人の男女として仲良くしようじゃないか」

妖(あや)しく唇を舐(な)めながらもセラは続ける。

「あの戦いが終わってからよ。オレはずっと人間を倒すための方法を考えていた。そこで一つの結論に行き当たったんだ。人間を倒すには人間の力を利用するしかないとな」

セラの推測はあながち間違いではない気がする。

これまで俺が戦闘で苦戦してきた相手でいうと、人間の手によって生み出されたゴーレムか、聖遺物の力を授かった生物の二種類であった。

俺が言うのもアレだけど、人間の力を使わずに人間を倒すことは現実味がない気がする。

「だから暫(しばら)くの間は、ヨージのスケベ心に付け込ませてもらうことにした」

セラの猛攻は続く。

今度のキスは一回目のとは違い、こちらの唾液を搾り取るかのような濃厚なやつである。

こ、これはヤバイ。

何がヤバイって、セラとのキスが満更ではなくて、強く拒否できないのがヤバイ。

セクシーなダークエルフのお姉さんとイチャイチャすることは、全国の男の夢とも言えよう。

「ハハッ。こいつはスゲーや。快楽で頭が飛びそうだよ。お前の味を知ってしまったら、どんな高級料理も味気ないものになっちまうな」

「セラ！　離れなさい！　主さまにこれ以上、危害を加えるようでしたら、今ここで貴女のことを殺します」

「んー？　オレは別に無理やりキスをしているわけではないんだぜ？　ヨージだってオレとのキスを望んでいるはずだ」

「嘘です！　主さまが貴女のようなふしだらな女性に靡くはずがありません」

「そいつは誤解だぜ。ヨージは一緒に風呂に入っている時も、ジロジロとオレの胸を見ていたスケベだからな。少なからず異性としてオレを意識していることは間違いないだろうよ」

「い、一緒に風呂!?」

「…………」

何故だろう。

これまでセラに向けていたはずのリアの殺気が、今度は俺の方に向けられていた。

「と、とにかく、主さまは私たち人間軍をお導きになられる方ですから！　部外者に渡すわけにはいきません」

むぎゅっ。むぎゅっ。

セラに対抗意識を持たしたリアは俺の右腕を掴んで、自らのおっぱいの間に挟み始める。

「いいや。ヨージはオレのもんだ。お前の力はオレが責任を持って使ってやろう」

むぎゅっ。むぎゅっ。むぎゅっ。

リアに対抗意識を燃やしたセラは俺の左腕を掴んで、自らのおっぱいの間に挟み始める。

う、うおおおおお！

これは夢にまで見た白エルフ&黒エルフのハーレム展開ではないか！

しかし、困ったことになってしまった。

普通に考えればリアの肩を持ってやるのが正解なのだろうが、セラにも色々とお世話になったわけで無下にはできない。

「主さま。どっちを選ぶんですか⁉」

「ヨージ。どっちを選ぶんだ⁉」

二人の美少女エルフから「白黒つけろと」言わんばかりに迫られた俺は、不謹慎にもハーレム気分を覚えるのであった。

あとがき

そんな感じで『最強の種族が人間だった件』の三巻でした。

柑橘ゆすらです。


早いものでもう三巻です。

二巻までの話はどちらかというと家の中で、どうやってイベントを起こしていこうかと悩んでいたのですが、三巻からは吹っ切れて主人公を積極的に家の外に出していく方針に切り替えました。

作品のコンセプトとしては『自宅でまったり感』を大切にしていきたいのですが、そればっかりでも話が単調になってしまうので難しいところです。

これからは『自宅でまったり　ときどき　冒険』くらいのバランスで執筆していこうと思います。

以下、宣伝タイム。

私、柑橘ゆすらは講談社ラノベ文庫というレーベルから『異世界支配のスキルテイカー』という作品を出版しています。

内容の方は、ごくごく普通の高校生が一〇〇人の奴隷(どれい)ハーレムを作るために頑張るというストーリーになっています。

こちらはコミック版一巻も発売しました！

ニコニコ動画『水曜日のシリウス』にて無料で閲覧(えつらん)できますので、興味のある方は、こちらの方も何卒(なにとぞ)よろしくお願いします。

それでは。

次巻で再び皆様と出会えることを祈りつつ――。

柑橘ゆすら

最強の種族が人間だった件③
お手に取って頂き
ありがとうございます
今日はケチャップ大好きメイドカレン
2017.2

ダッシュエックス文庫

最強の種族が人間だった件3
ロリ吸血鬼とのイチャラブ同居生活

柑橘ゆすら

2017年2月28日　第1刷発行

★定価はカバーに表示してあります

発行者　鈴木晴彦
発行所　株式会社　集英社
〒101−8050　東京都千代田区一ツ橋2−5−10
03（3230）6229（編集）
03（3230）6393（販売／書店専用）03（3230）6080（読者係）
印刷所　凸版印刷株式会社

ISBN978-4-08-631173-1 C0193